겨울나기

이외수 소설집

겨울나기

해냄

차례

겨울나기

"노란 옷을 입었다구요? 그런 간호원은 여기 없어요. 보시다시피 여긴 하얀 옷을 입은 간호원뿐이에요."

한 간호원이 내게 말했다.

"혹시 가운 속에라도 노란 옷을 입은 간호원이 있을지도 모릅니다. 잘 좀 생각해 봐 주십시오. 부탁입니다."

모든 것이 침묵 속에서 엄숙하게 죽어가고 있는 듯한 병원 복도에 나는 서 있었다. 천장에는 형광등이 밝게 켜져 있었고 병원 내부는 모든 것이 유리처럼 투명하고 매끄러운 느낌을 가지고 있었다. 마치 유령의 집 같았다.

"글쎄요. 이 큰 병원에서 일하는 간호원들의 가운을 제가 다 일일이 벗겨본 적도 없고 직접 한번 찾아보시죠. 자세히 보면 알 수 있어요. 속에 입은 옷의 색깔이 가운 겉으로 엷게 내비치니까요. 전 그럼 바빠서 이만 실례하겠어요."

간호원이 복도를 돌아 자취를 감추어버리자 나는 다시 다른 간호원들을 기다리기 시작했다. 가끔 관리인 복장을 한 남자들이 수상하다는 듯한 눈초리로 내 아래위를 훑으며 지나쳐가곤 했다. 어디선가 낮게 신음 소리가 들리고 있었다.

내가 자살에 실패하면 혹시 이 병원으로 오게 되는지도 모른다는 생각이 들었다. 호주머니 속에다 손을 한번 집어넣어 보았다. 작은 약병 하나가 손에 잡혔다. 그 약병에는 농약이 들어 있었다.

농약은 외상이 없다······.

어느 친구에게서 들은 말이었다. 농약을 먹으면 십중팔구는 천당행이라는 거였다. 농약을 먹고 자살을 한다. 얼마나 서민적인 자살인가.

다시 한 명의 간호원이 복도를 걸어오고 있었다. 나는

그녀를 불러 세웠다. 가운을 자세히 들여다보니 속에 입은 옷이 붉은색 계통의 옷인 것 같았다.

"저어, 사람을 하나 찾는데요. 여자입니다. 나이는 스물다섯 살 이하이고 이름은 모릅니다. 얼굴은 깨끗한 분위기, 성격은 온순하고 마음씨는 착합니다. 옷은 노란색……."

"여보세요."

이때 좀 경직된 목소리로 간호원이 내 말을 가로막았다.

"댁엔 지금 바쁜 사람 붙들고 농담하시자는 거예요 뭐예요."

그녀의 눈동자가 혐오와 경멸의 빛을 띠며 내 아래위를 훑어보고 있었다. 찬바람을 느낄 정도로 쌩쌩한 태도였다. 만약 이 여자에게 간호를 받는 환자가 있다면 병이 더 도질 것 같은 느낌이었다.

"농담이 아닙니다, 절대로."

나는 진지한 목소리로 말했다. 간호원이 들고 있는 금속제 쟁반 위에는 탈지면과 붕대와 소독약과 주사기 따위들이 담겨 있었다. 주사기는 바늘을 빛내며 나를 향해 날카롭게 신경을 곤두세우고 있었다.

"비키세요."

야무진 목소리였다. 나는 맥없이 비켜주는 수밖에 없었

다. 다시 어디선가 낮게 신음 소리가 들리고 있었다. 나는 문득 호주머니 속에 들어 있는 농약을 꺼내어 단숨에 꿀꺽꿀꺽 들이켜버리고 싶은 충동을 느꼈다. 그러나 참았다. 웬지 억울하다는 생각이 들어서였다.

나는 몇 명의 간호원을 더 만나보았고, 역시 노란 옷을 입은 여자에 관해 설명을 했고, 그러나 그녀들은 한결같이 모르겠다는 대답뿐이었다.

잠시 후 나는 도립 의료원 정문을 나섰다. 환자들 중에서 한번 찾아볼 걸 그랬다는 생각도 들었지만 곧 나는 고개를 가로저었다. 내가 찾는 여자는 건강한 여자였기 때문이다.

크리스마스가 가까워지고 있었다. 아침부터 밤까지 함박눈이 내리고 있었다. 거의 한 달 동안을 나는 그 노란 옷을 입은 여자를 만나지 못한 채 날마다 마냥 거리를 헤매 다니는 처지였다.

함박눈이 내리고 있었기 때문에 거리는 마치 이국 풍경같아 보였다. 이런 날은 어쩐지 그 여자를 만날 수가 없을 것만 같았다. 생각해 보라. 함박눈이 내리는 날에 누가 노란 옷을 입고 외출하겠는가를. 함박눈과 노란색은 전혀 어울리지 않는다. 만약 조금이라도 센스가 있는 여자라면 오늘 같은 날은 까만 옷을 입고 나올 것이다.

그러나 나는 혹시나 싶어 무작정 거리를 걷고 있었다. 열 시쯤일 거였다. 자동차들이 체인을 철걱거리며 지나갈 때마다 헤드라이트 불빛 속에서 무수한 함박눈 송이가 반짝거리며 살아나곤 했다.

연인들인 듯싶은 남녀들이 이런 날은 서로 바싹 붙어 있을수록 세계 평화가 빨리 이루어진다고라도 생각하는 사람들처럼 완전히 한 덩어리가 되어 거리를 오가고 있었다.

나는 곁에 누구든 있어주었으면 좋겠다는 생각을 했다. 오늘 밤만은 아무 여자하고라도 말이 통할 것 같은 기분이었다. 그러나 이 도시에 사는 사람들은 모두가 짝짓기에 도사들인 모양으로 거의 전부가 쌍쌍이었고, 내가 주워 가지도록 스스로를 길바닥에 내버린 여자는 좀처럼 눈에 띄지 않았다.

그렇다고 뭐 굳이 여자일 필요는 없었다. 말이 통하고 뜻이 통하면 남자라도 상관없을 거였다.

아가리가 벌어진 구두 속으로 눈이 스며들어 와 양말 앞부분이 온통 젖어 있었다. 발가락이 모두 떨어져 나가 버리는 듯한 느낌이었다. 하는 수 없이 나는 가까운 다방 하나를 찾아들었다.

밖에는 눈이 내리고 있었고 따라서 다방 안은 약간 한산했다. 나는 자리를 잡기 전에 다방을 한 바퀴 휘둘러보았다. 내가 찾는 노란색은 전혀 눈에 띄지 않았다. 여름 새벽 강가에 피는 달맞이꽃이나 이른 봄에 불탄 논두렁 시커먼 빈 터에 피는 민들레꽃이나 또는 담장 밑에 덤불로 환하게 등불을 밝히는 개나리꽃같이 노란색, 그 노란색은 전혀 눈에 띄지 않았다.

징글벨인가 뭔가 하는 노래가 다방의 의자와 의자 사이로 필요 이상 신바람 나게 썰매를 타고 달리는 기분을 내고 있었고, 다방 가운데 심어진 한 그루 크리스마스 트리에서는 작은 색전구들이 반짝, 이쁘지, 반짝, 안 이뻐, 서로서로 자랑들을 하고 있었다.

나는 구석진 곳에다 자리를 정하고 커피 한 잔을 시켜 마신 다음 오래도록 무료하게 혼자 앉아 있었다.

대체로 젊은 남녀들뿐이었다. 개중에는 숫제 두 팔로 여자를 단단히 결박하고 여자의 귀에다 무엇인가를 골똘히 속삭이고 있는 친구도 있었고, 도망치려는 여자의 스커트 자락을 잡고 술에 만취되어 협박적인 눈으로 노려보는 친구도 있었으며, 무슨 이유에선지 여자를 앞에 앉혀 놓고 눈물을 찔끔찔끔 짜내는 친구도 있었다.

그리고 잠시 후, 나는 내 나이 또래의 한 남자를 발견하게 되었는데, 내가 보기에 그는 대단히 무료하고 쓸쓸해 보였다.

그는 한 손으로 턱을 괴고 앉아 물끄러미 수조 속의 열대어들을 들여다보고 있었으며 나는 그에게 쉽사리 친근감을 느끼지 않을 수 없었다.

쑥스럽지만 나는 그에게 메모라도 한 장 던져보기로 작정하고 수첩을 한 장 찢어내었다. 그리고 거기에다 이렇게 적어 넣었다.

"밖에는 눈이 내리고 이 개떡 같은 외로움. 제게 우리 하숙집 텔레비전을 훔쳐다 판 돈이 좀 남아 있는데 함께 술이라도 한잔 어떠실는지요."

나는 그것을 레지에게 주어 그에게 배달해 주도록 부탁했다.

나는 가슴을 두근거리며 반응을 기다리고 있었다. 그는 메모를 다 읽고 나서 레지에게 뭐라고 물어보는 것 같았고 이어 레지의 손가락이 곧바로 나를 가리키는 것 같았다. 나는 순간적으로 몹시 긴장하지 않을 수 없었다.

그는 흘깃 나를 한 번 건너다보았다. 그리고 이내 '거별 자식 다 보겠네' 하는 태도로 고개를 돌려버리고 말았다. 그래도 혹시나 싶어 나는 약 5분 정도나 더 기다려보았다. 그러나 그는 나를 이따금 건너다보기는 했지만 시간이 갈수록 '원 병신 같은 자식, 지가 무슨 소크라테스라고' 하는 코웃음의 표정이 역력해져 갔다.

개애새끼……

나는 스스로에 대해 심한 수치감을 느끼면서 그만 다방을 나와버리고 말았다.

대개의 가게들이 문을 닫고 있었다. 함박눈은 아까보다 더 오라지게 쏟아져 내리고 있었다. 다방을 나와서 계속 여기저기를 헤매어보았지만 별 신통한 일은 생겨주지 않았다.

나는 다시금 여기서 그만 사는 일을 끝내고 자살해 버리는 것이 좋지 않을까 하는 생각을 품어보았다. 웬지 가슴이 허전해져 왔다.

이른 새벽부터 집을 나섰다. 지독하게 추웠다. 살갗 전체에 서릿발이 돋아나고 있는 듯한 느낌이었다.

도시는 아직도 깊은 잠 속에 빠져 있었다. 대단히 조용했다. 뒤꿈치를 접어 신은 내 낡은 가죽구두 끌리는 소리만 텅 빈 거리의 공간 속에 요란하게 울려 퍼지고 있었다.

그 소리는 마치 잠버릇이 고약한 주정뱅이의 이빨 가는 소리를 확성기로 공개하고 있는 듯한 느낌이었다. 걸을 때마다 신경이 거슬리는 노릇이었다. 기회가 생기는 대로 어디서든 다시 구두 한 켤레를 훔쳐 신어야겠다는 생각이 들었다.

어제는 슈퍼마켓에서 계란 한 개를 훔쳐 먹는 데 성공했다. 아무에게도 발각당하지 않은 것 같았다. 나는 도둑질에 타고난 소질이 있는지도 모르겠다. 몇 번 더 해봐서 소질이 있다는 확신만 생기면 열심히 연습을 해서 그 소질을 계발해 두는 것도 좋을 것이다.

그런데 이놈의 낡은 가죽구두. 나는 언제나 이놈의 낡은 가죽구두 때문에 걸음이 자유롭지가 못하다. 이놈의 낡은 가죽구두에 대해서만은 언제나 신경과민이다.

아가리도 벌어지고 끈도 떨어져 나갔다. 몇 번 물에 젖은 걸 햇볕에 내다 놓고 말렸더니 숫제 가죽구두 아닌 돌구두가 되어버렸다. 딱딱해서 발등이 다 벗겨져 버릴 지경이다. 게다가 아가리가 벌어져 발가락도 몹시 시리다. 하여튼 하나 훔쳐 신기는 훔쳐 신어야 할 것이다. 빠르면 빠를수록 좋겠지.

나는 우선 역 쪽으로 서서히 걸음을 옮겨놓기 시작했

다. 가끔 새벽 열차를 타러 가는 사람들이 잰걸음으로 바삐바삐 나를 앞질러 가는 모습들을 볼 수 있었다. 발들이 모두 가볍고 편해 보였다.

그러나 내가 역으로 가고 있는 것은 구두를 훔치려는 생각에서도 아니고 새벽 열차를 타려는 생각에서도 아니다. 오직 여자 하나를 찾아내기 위해서이다.

이 겨울에 내가 한 일은 방황 그것 한 가지뿐이었다. 새벽에도 방황하고 한낮에도 방황하고 밤중에도 방황했었다. 마치 방황과 자매결연이라도 맺은 놈처럼 방황만 했었다.

방황에서 돌아오면 암담한 내 하숙방. 어느새 연탄불은 꺼져버리고 방바닥엔 얼음물처럼 써늘한 냉기만 한 양동이 흥건하게 엎질러져 있었다. 거의 날마다였다. 망할 놈의 하숙집 여편네 같으니!

도무지 잠도 오지 않았다.

옆집에서 들려오던 라디오 소리도 오래전부터 끊어져버리고, 한밤중, 사방은 쥐 죽은 듯 고요한데, 이따금 벽 속을 내달아가는 한 무리의 바람 소리, 커튼을 걷어내고 도시를 내다보면 도시는 폐선처럼 문을 닫고 정박해 있고, 거기 뜬눈으로 밤을 새운 도시의 불빛이 몇 개, 바람이 불면 젖은 눈시울로 깜박거리곤 했다. 나는 깊은 겨울 밤 도시의 풍경을 오래도록 바라보면서 누구에게든 편지를 쓰고 싶다는 생각을 했었다.

이제 완전히 겨울입니다. 비로소 나는 버림받은 개가 되었습니다. 곧 날이 새고 나는 다시 방황할 것입니다. 그리고 내 방황의 끝 어딘가에서 언제든 나는 미련 없이 자살해 버리고 말겠습니다……

그러나 웬지 자살해 버릴 수가 없었다. 다만 도무지 잠이 오지 않다가 가까스로 어쩌다 잠이 들면 타인에게 목 죄어 살해당하는 꿈을 꾸었다. 더러는 머리카락이 무더기로 빠져버리거나 손톱 발톱이 썩어드는 꿈도 꾸었다.

잠에서 깨어나면 아직도 캄캄한 밤, 사방은 적막하고 외로운데, 왜 그리 날은 새지 않던지, 정말 참담했었다. 그리고 또 날이 새면 도대체 어떻게 시간을 보내어야 할는지, 먹이는 어떻게 구해야만 할는지, 그저 막막하기만 했었다. 방황. 자살 궁리. 방황. 자살 궁리. 방황. 자살 궁리……

그러나 또 한편으로는 어떻게 해서든 이 겨울을 무사히 견디어내야만 한다고 나는 몇 번이나 스스로에게 당부하곤 했었다. 그러다가 마침내 나는 여자 하나를 찾아 헤매어보기로 마음먹었다.

아직은 춥고도 추운 겨울, 봄은 요원하기만 한 것 같았다.

봄이 되면 나도 취직이나 한번 해볼까. 봄이 되면 나도 공장에서 드롭프스 껍데기라도 싸칭서 세칭 생활이라는 것에 충실해 볼까. 아니면 묵은 내의를 벗어 무릎 위에 엎어놓고 햇빛을 쬐며 이나 잡고, 디오게네스 흉내나 내며 살아볼까. 아 꽃 피는 봄이 되면…….

그러나 영영 봄은 올 것 같지가 않았다.

나는 썰렁한 분위기가 내 전신을 휩싸듦을 의식하면서 역 대합실로 들어섰다.

아직도 개찰은 시작되지 않은 모양이었다. 역 대합실의 매표구와 개찰구 앞에는 사람들이 줄줄이 늘어서서 차례들을 기다리고 있었다. 무표정해 보였다. 이따금 추위에 이리저리 몸을 움직여도 보고 또 더러는 초조하다는 듯 손목시계를 들여다보고 있는 모습들. 그러나 그들은 내가 보기엔 모두 한 공장에서 생산되어진, 개성도 없고 감정도 없는, 똑같은 모양의 인조인간들 같았다.

그들은 지금 에너지가 거의 다 소모되어 있는 것 같았다. 그래서 지금 에너지 보충을 받기 위해 배급표를 타려고 그렇게 줄을 서 있는 것 같았다.

나는 방금 질이 우수한 새 에너지를 전신에 가득가득

채워 넣고 나온 듯 당당하고 생기에 찬 모습을 그들에게
한 번 보여주고 싶었다. 나는 그들처럼 쫓기거나 묶이지
않고 싶었다. 영원한 자유인이 되고 싶었다.

　나는 찬찬히 시선을 정리해서 그들을 훑어보기 시작했
다. 여자 하나를 찾아내기 위해서였다. 만약 내가 찾는 여
자가 그들 중에 섞여 있다면, 그것은 칙칙하게 색 바랜 플
라스틱 조화들 속에서 방금 갓 피어난 달맞이꽃 한 묶음
을 찾아내기 만큼이나 쉬운 일일 것 같았다.

　그러나 내가 찾는 여자는 거기에 섞여 있지 않은 모양
이었다. 매표구 앞에 서 있는 사람들 속에서도 개찰구 앞
에 서 있는 사람들 속에서도 한 묶음의 달맞이꽃으로 보
이는 여자는 발견되어지지 않았다. 그들을 배웅 나온 사
람들 속에서도 마찬가지였다. 나는 약간 맥이 빠짐을 의
식했다. 그때였다.

　"맞지, 틀림없이 만덕동 도라이지."

　매표구 앞에 늘어선 줄의 중간쯤에서 낮은 목소리가 내
귀에까지 들려왔다. 고등학생쯤으로 짐작되어지는 녀석
들 둘이 나를 곁눈질로 흘끔거리며 은밀한 표정으로 이야
기를 주고받고 있었다.

　"도라이?"

"짜식. 아직 그것도 모르냐. 머리가 돌아버린 사람이라는 뜻이야."

"저 사람이 도라이라구? 뭐 멀쩡한 것 같은데."

"들쭉날쭉한다구."

"화, 저 사람 구두 좀 봐. 갑오경장 때 신던 구두 같은데."

"쉿, 조용히 햄마. 우리 쪽을 빠개고 있잖암마."

그러나 나는 그들을 노려보다가 말고 한 번 더 매표구와 개찰구 앞에 늘어서 있는 사람들을 찬찬히 훑어나가기 시작했다.

잠시 후 한 여자가 발견되어졌다. 그녀는 개찰구로 이어진 줄의 뒷부분에서 무슨 책인가를 골똘히 읽고 있었다. 그녀의 모습을 발견하고 나서부터 나는 조금씩 가슴이 설레기 시작했다. 자주색 코트를 입고 있었다. 하얀 목도리가 그녀의 목을 감돌아 자주색 코트의 어깨 너머로 약간 길게 드리워져 있었다.

나는 긴장하며 그녀에게로 다가갔다. 자꾸만 내 낡은 가죽구두에 신경이 쓰여졌다.

그녀는 골똘히 책을 읽고 있었기 때문에 고개가 숙여져 있었고, 따라서 긴 머리카락이 드리워져 그녀의 옆얼굴을 가리고 있었다. 이마와 눈과 코만 아주 조금 드러나 있을 뿐이었다. 그래서 나는 그녀의 얼굴을 좀더 자세히 보기 위해 그녀의 앞쪽으로 두어 걸음 자리를 옮겨, 허리를 숙이고 그녀의 얼굴을 쳐다보았다. 역시 보이지 않았다. 책에 가려서였다. 그리고 그 책의 제목 또한『황야의……』라고 밖에는 확인해 볼 수가 없었다. 접질러 받쳐든 한쪽 면에 가려져 있었기 때문이었다.

황야의…….

무엇일까. 황야의 말뼉다구. 그건 아닐 것이다. 그건 고등학교 때 영어를 담당하셨던 우리 담임 선생님의 별명이었다. 너무 깡마른 체구 때문에 붙여진 별명이었고 그 선생님의 별명이 책 제목으로 선정될 리는 없을 거였다. 그렇다면 도대체 황야의 무엇일까. 황야의 은화 1불. 황야의 삼총사. 황야의 무법자. 황야의 7인. 이건 모두 영화 제목들이다. 그렇다면, 그렇다면…….

비로소 나는 그 책의『황야의……』다음에 붙는 단어가 무엇인가를 대충 짐작해 낼 수가 있었다. 그건 아마도『황야의 이리』일 거였다. 헤르만 헤세가 쓴. 그렇다면 다행스러운 일이 아닐 수가 없었다. 나도 언젠가 그 책을 읽은 기억이 있었다.

나는 그녀에게 말을 붙여 보기로 마음먹었다. 그러자

다시 가슴이 몹시 설레기 시작했다.

　나는 잠시 설레는 가슴을 진정시켰다. 그리고 어떻게 말을 붙여서 어떻게 끌고 나가야 할지를 궁리해 보기 시작했다. 아무래도 헤르만 헤세 쪽에서부터가 제일 만만할 것 같았다. 그쪽이라면 나도 쥐꼬리만큼은 알고 있었다.

　"저어, 아가씨."

　그러나 그녀는 나를 의식하지 못한 모양이었다. 여전히 고개를 숙인 채 책만 들여다보고 있었다. 내 목소리가 너무 작았던 탓일 거였다. 나는 침을 한 입 모아 삼켜서 목구멍을 축여주고는 다시 아까보다는 약간 큰 소리로 그녀를 불러보았다.

　"저어, 아가씨."

　그제야 비로소 그녀는 고개를 들었다. 그리고 고개를 약간 젖히면서 손가락으로 가벼이 머리카락을 걷어서 등 뒤로 넘기고는 무슨 일이냐는 듯한 표정으로 나를 빤히 쳐다보았다. 비로소 나는 그녀의 얼굴을 확실하게 볼 수가 있게 된 셈이었다.

　껍질을 여러 겹 벗겨낸 뒤의 양파의 속살처럼 깨끗한 얼굴이었다. 눈과 코와 입이 비교적 단정해 보였고 해맑은 이마가 상쾌한 느낌을 주고 있었다. 스물세 살쯤의 나이일 거였다.

"말씀해 보세요."

명랑한 목소리였다. 표정 속에서 경계의 빛이나 불쾌해하는 기색을 전혀 찾아볼 수가 없는, 누구에게나 상냥하고 친절한 태도로 대할 것 같은 그런 인상을 가진 여자였다. 나는 혹시 이 여자일는지도 모른다, 라는 생각을 하면서 잠시 망설이던 끝에 다시 입을 열었다.

"아가씨, 아가씨께서는 혹시 바퀴벌레를 잡숴보신 적이 있으신지요."

그리고 그녀가 내 질문에 불쾌감을 느끼게 되지 않기를 빌면서 그녀의 표정을 눈여겨 살펴보았다. 그러나 오히려 그녀는 내게 약간 웃어보였다. 희고 고운 치아가 조금만 드러나 보였고, 나는 갑자기 세포가 모두 깨끗해지는 듯한 느낌이었다.

"바퀴벌레라면 저도 먹어본 적이 있기는 있어요."

꾸밈없는 표정으로 그녀는 말했다.

"이 도시 변두리에 있는 어느 중국집에서였어요. 잡채밥을 먹다 보니까 바퀴벌레가 한 마리 잡채 가닥 사이에 섞여 있었어요. 그 바퀴벌레를 발견하기 전에 나는 이미 잡채밥을 몇 숟갈 먹었더랬거든요. 근데 뭔가 어금니에

지끈 하고 씹히는 게 있었어요. 맛도 좀 이상하고 감촉도 영 좋지 않았었어요. 하지만 무슨 양념 따위이겠거니 생각하고 그냥 삼켜버렸었죠. 하지만 그건 분명히 바퀴벌레였을 거예요."

말하고 나서 그녀는 다시 한번 머리카락을 어깨 너머로 가벼이 걷어 넘겼다. 그리고 손목시계를 한 번 들여다본 다음 역 대합실 유리문 밖을 한참 동안 내다보았다. 이 여자는 제법이다, 라는 생각이 들었다. 처음 보는 사람 앞에서 그렇게 낭랑한 목소리로 구김살 없이 이야기할 수 있는 여자는 우리 대한민국 땅에서는 그리 흔치 않다.

여자의 아름다움이란 백화점에서 사서 가지는 것이 아니라 그 여자 스스로 속에서 만들어내는 것이다. 이 여자는 벌써 오래전부터 그것을 알고 있었는지도 모른다. 쉽게 가까워질 수는 있으나 쉽게 흔들리지는 않을 것 같은 여자. 어디로 잠시 여행이라도 떠나려는 것일까. 나는 그녀에게 자신 있게 말했다.

"오늘도 기차는 연착입니다."

"맞아요."

그녀가 맞장구를 쳐주었다. 몹시 기분 좋은 일이었다. 나는 이제 완전히 그녀와의 말길이 열렸다고 판단했다.

그래서 다시 그녀에게 하나 더 질문을 던져보았다.

"그럼 아가씨, 아가씨는 혹시 루트 벵거라는 여자를 아시는지요."

그러나 그녀는 전혀 모르겠다는 듯한 표정을 지었다. 나는 신바람이 나서 그 루트 벵거라는 여자에 대해 그녀에게 설명해 주기 시작했다.

"바퀴벌레 같은 여자였는데 말입니다."

나는 잠깐 뜸을 들여놓고는 호주머니 속에서 담배를 찾아 입에 물고 천천히 불을 붙였다. 꽁초였다.

"독일의 한 유명한 작가가 마흔일곱 살에 데리고 살았답니다. 이십 년이나 연하였대요. 그러나 그 젊은 여자는 전혀 그 유명한 작가를 이해해 주지 않았었죠. 아무리 몸이 아파 신음해도 진심으로 걱정해 주는 기색이 하나도 없었고, 아무리 주옥같은 글을 써서 보여주어도 알기를 개떡같이 알던 여자였던 모양이에요. 밤새도록 써놓은 원고에다 코나 풀지 않으면 다행일 정도로 형편없는 여자였는지도 모르죠. 돈이 떨어지면 금방 질식해 버리는 시늉을 하고 허영과 사치 없이는 도저히 세상을 살아갈 재미를 못 느끼는 여자였는지도 모릅니다. 내가 기거하고 있는 만덕동 산 삼십육 번지의 하숙집 주인 여편네처럼 말입니다. 어쩌다 남편이 술이라도 만취되어 돌아오면 프라이팬으로 남편의 머리통을 후려쳐서 전치 이 주의 상해를 입히거나, 손톱으로 남편의 얼굴에다 밭고랑을 파놓는 그런 여자였는지도 모릅니다. 하여튼 그 루트 벵거라는 여자는 웬지 우리 마누라와 비슷한 생각이 자꾸 듭니다. 아니 우리 마누라라뇨. 당치도 않습니다. 나는 만덕동 산 삼십육 번지의 하숙집 주인 여편네를 말하고자 했던 것입니다. 나는 우리 하숙집 주인 여편네만큼 그 루트 벵거인가 루트 벵거진가 하는 여자를 혐오합니다. 어느 책에선가 읽은 적이 있어요. 루트 벵거인가 루트 벵거진가 하는 여자가 그 대문호를 전혀 이해해 주지 못했기 때문에 그 대문호가 심한 고민 끝에 작품도 제대로 못 쓰다가 결국 이혼해 버리고 말았다는 얘기를."

"비극을 읽으셨네요."

"비극이고말고요. 자기를 이해해 주지 않는 여자와 한 집에서 같이 살아간다는 것은 비극 중에서도 가장 못 말리는 비극입니다. 물론 여자 쪽에서 볼 때는 이해할 수 없는 남자가 희극으로 보일 때도 있겠지만, 하여튼 후에 그 대문호는 노벨 문학상을 수상했습니다. 하지만 그 작가의 일생 중에서 그 여자와 보내었던 시간들이 가장 조잡하고

치사했었습니다. 그 여자는 문학으로 닦아놓은 한 인간의 청량하고 투명한 정신의 그릇 속에 빠진 지저분하고 노린내 나는 한 마리 바퀴벌레였음이 분명합니다. 우리 하숙집에도 바퀴벌레가 시글시글합니다. 그건 모두 우리 마누라, 아니 하숙집 주인 여편네의 분신입니다. 그때 이 도시 변두리 중국집에서 아가씨의 어금니에 지끈 씹혔던 그 바퀴벌레는 아마 그 여자의 변신일 겁니다. 잘 씹어 잡수셨어요. 암요, 백 번 씹혀도 무방하죠."

"그 위대한 작가의 이름이 뭐죠?"

"헤르만 헤세."

그녀는 다시 한번 손목시계를 들여다보고는 아까처럼 역 대합실 유리문 밖을 내다보았다.

"연착일 겁니다. 틀림없어요."

"알고 있어요. 언제나 그랬으니까요."

"근데 아가씨, 아가씨가 들고 계신 그 책은 혹시 헤르만 헤세가 쓴 『황야의 이리』가 아닌지요?"

그러나 그녀는 아닌데요, 라고 간단히 대답했다. 전혀 뜻밖의 일이었다. 나는 그 책이 그럼 황야의 뭐라는 책이냐고 다시 물어보았다.

"별이에요. 황야의 별, 최근 미국에서 가장 잘 팔리는 동화 작가가 쓴 동화책이래요. 물론 이건 번역판이지만.
읽어보셨나요?"

"모, 못 읽어봤습니다."

나는 이 예상 밖의 일에 몹시 당황하고 있었다. 황야의
이리니 헤르만 헤세니는 순전히 착각에서 비롯된 내 화제
의 대상이었던 것이다. 루트 벵거인지 루트 벙거지인지도
마찬가지였다.

나는 갑자기 말문이 막혀버리고 말았다. 그러나 서먹서
먹하게 서 있을 수는 없는 노릇이었다.

나는 이제 이야기를 본론으로 끌고 들어가야 할 필요성
을 느꼈다.

"아가씨, 나는 지금 여자 하나를 찾아 헤매고 있는 중입
니다. 그 여자는 아마 노란 옷을 입었을 겁니다. 아가씨,
솔직히 말씀해 보세요. 아가씨는 지금 자주색 코트 속에
노란 옷을 감추어 입고 있지요. 그렇지요? 솔직히 말씀해
보세요."

그러나 그녀는 아니라고 대답했다. 그리고 자기는 코트
속에 짙은 청보라색 원피스를 입고 있다고 말했다. 나는
거짓말일 거라고 생각했다. 그래서 도저히 믿을 수 없다
고 말했다. 그저 여자들이란 거짓말을 액세서리 붙이고

다니듯 수시로 몸에다 붙이고 다니면서 거짓말도 자기를 예뻐 보이게 만드는 장신구의 일종이라고 착각해 버리는 수가 있으니까.

그러나 나는 그녀의 자주색 코트 속을 좀 보여줄 수 없겠느냐고 묻고 싶은 충동을 가까스로 참아내면서 다시 새로운 이야기 하나를 끄집어내었다.

"아가씨, 내가 수수께끼를 하나 낼 테니 한번 알아맞혀 보십시오. 이 수수께끼는 재미있습니다. 내가 찾아 헤매는 그 노란 옷을 입은 여자를 만나면 그 여자에게도 이 수수께끼를 내어볼 작정이었습니다. 이 수수께끼는……."

그때였다. 잠깐만요, 라고 그녀가 내 말을 가로막았다. 얼굴에는 약간의 장난기가 새롬새롬 피어오르고 있었다.

"말씀 도중에 죄송한데요. 저어, 선생님께서는 목욕을 몇 달 간격으로 한 번씩 하시나요."

당돌하고도 엉뚱한 질문이었다.

"수수께낍니까?"

"아니에요. 그냥 궁금해서 물어본 거예요."

"세계 올림픽이 열리는 해마다 한 번씩 합니다."

나는 정직하게 대답해 주었다.

"갑갑하지 않으세요."

"연습을 많이 해서 괜찮아요."

대통령 선거가 있는 해마다 한 번씩 목욕을 한다는 사람도 나는 만나본 적이 있었다. 그는 18년 동안이나 목욕을 한 번도 못해 봤다고 투덜거렸었다. 하지만 나는 세계 올림픽이 4년마다 한 번씩 열리다가 갑자기 40년마다 한 번씩 열리게 되었다고 해도 결코 투덜거리지는 않을 것이다. 목욕 따윈 아무래도 좋으니까.

"한 남자가 있었습니다."

나는 천천히 수수께끼를 끄집어내기 시작했다.

"그 남자는 큰 회사의 사장이었습니다. 돈만 있으면 이 세상에서는 안 되는 게 없다고 생각하는 사람 중의 하나였죠. 그는 돈만 있으면 처녀 불알도 살 수 있다는, 죄송합니다. 하여간 살 수 있다는 한국 속담을 자주 입에 올리곤 했습니다. 그리고 그때마다 자기는 실지로 처녀 불알을 이미 몇 가마니쯤 예약해 둔 사람처럼 자랑스럽고 행복한 표정을 짓곤 했었습니다. 그는 인간을 절대로 신뢰하지 않았습니다. 그 회사에 있는 고성능 컴퓨터만이 오직 신뢰의 대상이 될 수 있을 뿐이었습니다. 그 어떤 어려운 문제든 자료를 정리해서 집어넣어 주기만 하면 거기에 대한 해답을 신속하고 정확하게 뱉어내어 주는 컴퓨터였죠. 사원 몇십 명이 며칠 동안 땀을 뻘뻘 흘리며 해도 못 다할 업무량을 그 컴퓨터는 하루 만에 거뜬히 해치워 버리는 겁니다. 땀도 흘리지 않고. 그래서 사장님께서는 사원들에게 주는 월급이 아까워서 죽을 지경이었어요. 마치 공돈을 날려버리는 것 같은 기분이었던 거죠. 하지만 어느 날 갑자기 사장은 뛸 듯이 기뻐하며 회사에 출근했습니다. 전날 밤 문득 기발한 생각이 떠올랐었던 겁니다. 단돈 십 원을 밑천으로 하루 만에 십억을 벌 수 있는 방법을 마침내 사장은 생각해 내었던 것입니다. 사장의 생각으로는 이제 온 천하의 황금이 모두 자기 것임에 틀림없었습니다. 그러나 한 푼이라도 아껴야 한다는 생각에서 전 사원을 모두 해고시켜 버렸습니다. 그리고 컴퓨터만은 팔지 않았습니다. 컴퓨터를 팔아버리면 단돈 십 원을 밑천으로 십억을 벌 수가 없었기 때문입니다. 사장은 어떤 어려운 문제든지 쉽게 해답을 뱉어내어 주는 컴퓨터에게, 단돈 십 원을 밑천으로 십억을 벌 수 있는 방법을 바로 그 컴퓨터에게 물어볼 생각이었으니까요. 인간을 절대로 신뢰하지 않고 오직 그 컴퓨터 하나만을 신뢰하고 있던 그 사장은 여러 가지 데이터를 작성하기 시작했습니다. 그리고 그것을 컴퓨터의 아가리에다 밀어넣어 주었습니다. 단돈 십 원으로 하루 만에 십억을 벌 수 있는 방법은 무엇이냐……."

그녀가 손목시계를 무심코 한 번 들여다보았기 때문에 나는 여기서 잠깐 이야기를 중단했다. 그녀의 시선은 다시 역 대합실 유리문 밖으로 옮겨져 갔다. 밖은 아직도 어둠이 짙게 누적되어 있었다. 아직도 개찰은 시작되지 않고 있었다. 사람들이 많이 늘어나 있었다. 한참은 더 기다려야 할 것 같았다. 이 역에서 열차가 이삼십 분씩 연착을 하지 않는다는 것은 마치 승객을 배반하는 일이라고 생각하는 모양이었다. 언제나 연착이었다.

나는 수수께끼를 계속하기 시작했다.

"어디까지 했더라……."

"컴퓨터의 입 속에다 데이터를 집어넣어 주었어요."

"그랬죠. 네. 단돈 십 원으로 하루 만에 십억을 벌 수 있는 방법은 무엇이냐. 데이터가 적힌 카드를 집어넣자마자 컴퓨터는 갑자기 헐떡거리며 분주히 무엇인가를 계산하기 시작했습니다. 여러 가지 기억 장치들이 맹렬히 눈알들을 반짝거리며 신경질적으로 이 어려운 문제의 답을 산출해 내기 시작했습니다. 헐떡거리면서 십 분, 땀을 삘삘 흘리면서 이십 분, 컴퓨터는 모든 것을 총동원하여 허겁지겁 계산을 계속하고 있었습니다. 사장은 긴장감으로 전신이 콩알만 하게 오그라드는 듯한 느낌 속에서 손에 땀을 쥐고 집요하게 기다리고 있었습니다. 천신이 좁쌀알만 하게 오그라들어도 좋다. 돈만 많이 벌게 해다오. 아직 한 번도 답이 틀려본 적이 없는 나의 컴퓨터여. 그리고 마침내 한 시간 남짓 컴퓨터는 이윽고 기진맥진한 상태로 작동을 멈추었습니다."

"망가져 버렸나요?"

"아닙니다. 답을 산출해 내었습니다. 모든 계산이 끝났다는 오케이 신호에 불이 들어왔고 컴퓨터는 지친 상태로 혀를 빼물 듯 카드 한 장을 입 밖으로 빼물어내었습니다."

"그 카드엔 뭐라고 씌어 있었죠?"

"네. 아가씨, 그게 바로 문젭니다. 한번 알아맞혀 보십시오."

그녀는 약간 비스듬히 고개를 옆으로 기울이면서 답을 생각하는 듯 잠시 손가락으로 아랫입술을 매만지고 있었다. 그러다가 자신 없는 투로 이렇게 말했다.

"강냉이 튀기는 기계에다 넣고 튀기면 돼요."

나는 웃으면서 아니라고 대답해 주었다. 다시 그녀는 생각에 잠겼다.

"그럼 이스트를 넣고 십 원짜리를 빵처럼 찌면 되겠군요."

나는 재차 아니라고 대답해 주었다. 그녀는 몇 가지 더 답을 안출해 내었으나 모두 애교만 있을 뿐 정답과는 좀 거리가 먼 편이었다.

"아가씨는 돈을 어떻게 생각하십니까."

내가 힌트를 주기 위해 그녀에게 물었다.

"민족의 숙원이라고 생각해요."

그녀는 약간 한숨 섞인 어투로 대답했다. 나는 웬지 그녀가 몹시 사랑스럽게 생각되어져서 다시 한번 혹시 이 여자일는지도 모른다, 라는 생각을 했다.

"정답이 뭐예요, 도대체."

그녀는 궁금하다는 듯 내게 물어왔다. 나는 가르쳐 줄까 말까 망설이고 있었다.

그때였다. 갑자기 장내가 술렁거리기 시작했다. 개찰이 시작된 모양이었다. 아까는 에너지를 모두 소모해 버린 인조인간들처럼 무표정하던 사람들이 순식간에 어떤 경쟁의식 같은 것이 번들거리는 얼굴로 눈빛을 곤두세우기 시작했다. 그들은 서로 밀치고 밀리면서 꾸역꾸역 좁은 개찰구를 빠져나가고 있었다.

"정답을 가르쳐드리죠. 단돈 십 원으로 하루 만에 십억 을 벌 수 있는 방법이 무엇이냐를 알아내기 위해 한 시간

남짓 땀을 뻘뻘 흘리다가 마침내 기진해서 컴퓨터가 뱉어 낸 그 카드에는, 이렇게 간단한 해답이 적혀 있었습니다."

"어떻게요."

"개새끼, 웃기구 있네, 라고."

이제 그녀는 개찰구까지 거의 다 와 있었다. 그저 나는 까닭도 없이 가슴이 막막해져 옴을 의식했다. 불현듯 이 여자가 바로 내가 찾아 헤매던 여자라는 착각이 앞섰다. 놓쳐서는 안 된다, 라는 생각도 들었다.

"덕분에 지루하지 않게 시간을 보낼 수가 있었네요. 고마워요. 그럼 선생님, 이제 그만 안녕."

그녀는 밝은 얼굴로 내게 가벼이 손을 한 번 흔들어 보였다. 나는 어떻게 해야 좋을는지 알 수가 없었다. 그래서 그녀가 마악 표를 꺼내어 개찰원에게 내미는 것을 보는 순간 나도 모르게 황급히 그녀의 팔소매를 움켜잡았다.

그녀는 약간 당황해하는 것 같은 표정이었다. 그러나 곧 태연한 자세로 돌아와 나를 달래는 듯한 목소리로 이렇게 말했다.

"이러심 안 돼요. 선생님, 빨리 집으로 돌아가 아침 식사를 하셔야죠. 사모님께서 기다리고 계실 거예요. 그리고 선생님의 아이들도."

그러나 나는 단호한 목소리로 이렇게 말했다.

"나는 집도 아이들도 마누라도 없어요. 단지 하숙집과 하숙집 여편네와 하숙집 여편네의 아이들과 함께 생활하고 있을 뿐입니다."

"왜 그렇게만 자꾸 생각하세요. 선생님은 절 모르시겠지만 전 선생님을 알고 있어요. 만덕동에 살고 있거든요. 선생님이 사시는 집 부근이에요. 만덕동 사람들은 모두 다 선생님을 미쳤다고들 하지만 전 그렇게만은 생각하지 않아요. 선생님은 외로운 분이에요. 하지만 힘을 내세요. 좀더 밝은 마음으로 사세요. 아시겠죠. 보세요, 전 이렇게 다리를 절고 있지만 아무렇지도 않은 표정이잖아요."

그녀는 태연히 내 곁을 벗어나 저만큼 걸어갔다가 다시 걸어와 보여주었다. 정말로 그녀는 다리를 가끔씩 절름거리고 있었다.

"애인을 만나러 가는 길이에요. 그럼 선생님 또 만나요."

다시 그녀는 내게 밝게 웃으며 가벼이 손을 한 번 흔들어주었다. 그리고 개찰구를 빠져나가 절름거리며 바삐 플랫폼을 향해 걸어가기 시작했다. 그녀의 앞으로 뒤로 옆으로 온전한 두 다리를 가진 사람들이, 마치 오래도록 굶주려 온 피난민들이 배급표를 들고 빵을 타러 달려가듯,

열차가 거대한 식빵으로나 보이는지, 삽시간에 모조리 뜯어 먹어버릴 듯한 기세로, 맹렬히 달려가고 있는 것이 보였다.

그래, 또 만나겠지, 이 도시는 어린애 손바닥만 하니까…….

그녀는 비록 밝은 표정이기는 했었지만, 절며 플랫폼으로 바삐 걸어가던 뒷모습이, 왠지 쓸쓸해 보인다고 나는 생각했다.

어느새 역은 텅 비어 썰렁하기 그지없었다. 나는 낡은 가죽구두를 끌며 대합실을 나왔다. 가급적이면 빠른 시일 내에 구두를 하나 훔쳐 신기는 신어야겠다고 한 번 더 각오를 굳혔다. 발이 얼어서 깨지려고 하는 것 같았다. 몹시 춥고 떨렸다.

거리를 걸으며, 아까 그 여자는 아니야, 라고 나는 혼잣소리로 중얼거리고 있었다. 내가 찾는 여자는 애인이 없을 거였다. 그리고 반드시 노란 옷을 입고 있을 거였다. 만약 찾지 못하면 자살하는 수밖에 없을 거라는 생각이 들었다.

도시가 조금씩 꿈틀거리며 잠을 깨고 있었다. 나는 오늘도 하루 종일 그 여자를 찾아 헤맬 계획을 마음속으로 정리하면서, 슈퍼마켓이 문을 열면 우선 계란부터 한 개 훔쳐 먹어야 되겠다는 생각을 했다.

다시 함박눈이 내리고 있었다. 도시는 함박눈 속에서 떠내려가고 있었다.

나는 여전히 헤매었고, 그러나 헛일이었고, 이미 열한 시가 가까워지고 있었으므로 이제 그만 오늘의 방황을 철수해야겠다고 생각하며 하숙집을 향해 발길을 옮겨놓고 있었다.

호주머니 속에는 약간의 돈이 남아 있었다. 하숙집 주인 여편네가 한 달에 한 번씩 내게 주는 용돈에서 쓰고 남은 돈이었다. 용돈은 언제나 쥐꼬리였다. 쥐꼬리 중에서도 생쥐 꼬리였다. 망할 놈의 여편네. 내가 뼈 빠지게 일해서 벌어놓은 돈으로 그만큼 형편이 좋아졌으면 그만이지 또 뭐가 부족해서 밤낮 돈타령만 하는지, 그리고 내 용돈은 또 왜 고만큼밖에 안 주는지, 한 달치 용돈이라는 게 사흘 동안 거리를 헤매면서 하루 짜장면 세 끼 사 먹고 차한 잔씩 마시고 소주 몇 병 홀짝거리면 그만 동이 나버리는 액수였다.

내일부터는 또 슈퍼마켓 신세를 지는 수밖에 없다는 생각이 들었다. 술 생각이 났다.

하숙집으로 돌아가는 도중 싸구려 선술집을 하나 만났다.

한 사내가 남루한 모습으로 선술집 목로의자에 앉아 소주를 마시고 있을 뿐, 술집 안은 썰렁하기 그지없었다.

선술집 주인 아낙은 이제 그만 폐점해 버려야겠다는 듯 피곤한 얼굴로 술잔이며 안주들을 주섬주섬 챙기고 있는 중이었다. 내 수중에 있는 돈은 오늘 이 선술집에서 소주 몇 잔으로 바닥이 나버릴 거였다.

나는 소주 한 병과 곰장어 약간을 주문했다. 어딘지 모르게 아직 술장사에 익숙치 못한 듯이 보이는 선술집 주인 아낙이 커튼을 치고 밖으로 불빛이 새어나가지 않도록 방비한 다음, 빨리 드시고 가셔야 해요, 라고 염려스러운 목소리로 내게 말했다.

연탄불이 마지막 가슴을 활짝 열어놓고 벌겋게 달아 있는 화덕에다 석쇠를 걸쳐놓고, 거기에 토막 난 곰장어 몇 점을 올려놓자 갑자기 선술집 안은 풍성해지기 시작하는 것 같았다. 그 곰장어 토막들은 맹렬히 뭐라고 씨부렁거리며 자욱한 연기를 뿜어 올리고 있었다.

"선생, 아직도 밖에는 비가 내리고 있던가요."

나보다 먼저 선술집 목로의자에 앉아 홀로 소주를 마시고 있던 사내가 내게 묻는 말이었다. 사내는 내 바로 옆

목로판을 차지하고 있었는데 나와는 나이가 비슷해 보였고 약간 취해 있는 것 같아 보였다.

"눈이 내리고 있습니다. 비가 아닙니다."

나는 친절한 목소리로 대답해 주었다.

"그렇지요. 눈이지요."

사내는 다시 소주를 한 잔 들이켠 다음, 선생도 한 잔, 자연스럽게 내게로 잔을 건넸다.

나는 사양하지 않고 잔을 받았다. 이런 선술집 같은 데서 옆 사람이 건네는 잔을 사양한다는 것은 예의가 아니다. 우리는 모두 유랑민, 목마른 마음으로 잠시 여기 들러 한 잔의 술을 마시면서 뼈를 달랜다. 곧 우리는 떠나야 하고, 그러나 우리는 가슴들이 따스하다. 네 술값은 네가 내고 내 술값은 내가 낸다는 더치페인지 더티페인지 하는 계산법은 저 문명의 도시, 돈 많은 친구들이나 하는 계산법이지 이런 선술집에서 함께 만난 우리들 유랑민들의 계산법은 아니다.

우리는 서로 통성명을 했다. 그리고 그로부터 잠시 후는 합석을 해서 서로의 잔과 잔을 주고받았다.

"밖에 비가 아직도 내린다면 나는 못 가지……."

사내가 취해서 혼잣소리로 중얼거렸다.

"빨리들 마셔야 해요. 열한 시 반이나 됐어요."

선술집 주인 아낙이 초조한 표정을 짓고 있었다.

"선생, 선생께서는 연애를 해보신 적이 있으십니까?"

갑자기 사내가 고개를 쳐들며 내게 물었다. 나는 없다고 대답해 주었다.

"저는 연애에 무려 열세 번을 실패했어요. 연필 한 다스에서 한 자루가 더 남는 숫자입니다. 실패 끝에 마침내 제가 알아낸 것은 여자란 할머니로 변해 버릴 희망밖에는 못 가지고 있다, 라는 것입니다."

사내가 슬픈 목소리로 말했다.

"저도 연필을 한 자루 가지고 있기는 있어요. 그런데 심이 굵어서 글씨를 쓰려고 하면 영락없이 부러져 버리고 맙니다."

내가 말했다.

"선생은 그 연필로 무슨 글씨를 쓰려고 했었는데요."

"사랑……."

"선생, 지금이 어느 시대라고 그런 글씨를 쓰려고 든단 말입니까? 선생은 좀 웃기시는 편이로군요."

"네, 저는 좀 웃깁니다."

이때 선술집 주인 아낙이 빨리들 마시세요, 라고 다시

외치듯 말했다.

"밖에는 비가 내리고, 아 나는 끝끝내 떠나지 못하리라. 뼈아픈 사랑도 버리고 뼈아픈 시도 버리고, 모든 것 다 버렸는데, 그래도 밖에는 비가 내리고, 아 나는 끝끝내 떠나지 못하리라……."

사내가 작은 술잔을 높이 들고 슬픈 목소리로 읊조렸다. 슬픈 목소리는 아마 사내의 버릇인 모양이었다. 나는 차츰 사내의 그 구김살 없는 태도를 마음에 들어하기 시작했다.

"비가 오든 눈이 오든 빨리 마시고 일어서세요. 통금 시간이 다 됐다니까요. 걸리면 오늘 번 거 말짱 다 헛거예요."

선술집 주인 아낙이 애원 섞인 목소리로 우리에게 말했고, 그러나 아직 우리는 일어서고 싶지 않은 기분이었다.

"비가 내리면, 아, 비가 내리면……."

사내는 다시 혼잣소리로 중얼거렸다.

"비가 내린다고 왜 못 가요."

우산이라도 빌려줄 테니 어서 가달라는 듯 사내의 중얼거림을 선술집 아낙이 가로막았다.

"비가 아니고 눈입니다. 눈이라니까요, 아주머니."

나는 조금도 취하지 않았다는 듯 잘못을 바로 정정해 주었다. 그러나 나는 전신에 취기가 범람해 옴을 의식했다.

잠시 후 좀더 취해서야 비로소 우리는 일어섰다.

눈은 아까보다 뜸하게 내리고 있었다. 취기 속에서도 천지가 완전히 청결해져 있는 듯한 기분을 느낄 수가 있었다.

"헤어지고 싶지 않군요."

사내가 여전히 슬픈 목소리로 말했다.

"저도 마찬가집니다."

사내가 고개를 숙인 채 무엇인가를 잠시 생각하더니 번쩍 고개를 쳐들었다. 그리고 내게 이렇게 말했다.

"선생, 우리 함께 여자를 사러 가실까요. 제게 돈이 좀 있습니다. 선생께도 여자를 한 명 사드리고 싶습니다. 이런 날은 창녀도 깨끗해요. 모든 여자의 살이 백설이 됩니다."

나는 사내의 이 뜻하지 않은 제의에 약간 난처한 기색이 되어 있었다.

"혼자 있기가 싫습니다. 저는 언제나 혼자 있었어요. 이제 혼자 있기가 무서워졌습니다."

사내는 애원조로 이야기를 계속하고 있었다.

"저는 시인입니다. 이름도 없는 시인이죠. 하지만 시 하나만 믿고 오늘날까지 살아왔어요. 시인은 가난합니다.

시인이 시를 써서 돈을 번다는 것은 부자가 돈의 힘으로 시를 쓰는 일보다는 한결 힘든 노릇입니다. 그러나 제게도 돈이 좀 생겼습니다. 시인의 명예를 더럽히고 번 돈입니다. 비참합니다. 빨리 써버리고 싶어요."

나는 망설이고 있었다. 이런 날은 창녀도 깨끗합니다. 과연 그럴까. 정말 그럴 것 같다는 생각이 들었다. 하숙집으로 돌아가고 싶지 않다는 생각이 들었다. 거기엔 언제나 어둠, 더 이상 헤어날 수 없다는 폐쇄감만 내 가슴을 옥죄어 들고 아무리 살아 있어 보아도 별 낙이 없을 거라는 회의와 권태감이 눅눅한 이불처럼 무겁게 방구석 자리에 쌓여 있었다. 내 삶의 죽은 비듬들이 가득히 떨어져 있는 방바닥, 봄은 아직 멀었는데 누우면 춥기만 하고 곁에서 말동무 삼을 사람 하나도 찾아와 주지 않았다. 노란 옷을 입은 여자여, 노란 옷을 입은 여자여. 우리는 영원히 만날 수 없을는지도 모른다……

나는 사내를 따라나서기로 작정해 버리고 말았다.

창녀촌은 가까운 거리에 위치하고 있었다. 우리는 눈을 맞으며 입영 전야의 외로운 장정들처럼 야화(夜花)의 시장으로 가고 있었다.

"저는 이제 시인이 아닙니다."

사내가 창녀촌 가까이에 다다라 비감한 어투로 내게 말했다.

"무슨 얘깁니까. 창녀와 동침하면 시인의 자격을 박탈해 버리는 법률도 없는데요."

"그게 아닙니다."

"그게 아니라면……."

"돈 때문입니다. 나는 돈에 졌습니다. 더 이상 시만 믿고 굶으면서 살아갈 수가 없었기 때문에 시를 버렸습니다. 세상은 돈을 사랑하는 것만큼의 만분지일조차도 시와 시인을 사랑하지 않습니다. 옛날엔 시가 보석보다 값진 것으로 평가되어지고 돈은 똥처럼 더러운 것으로 평가되어졌었는데 지금은 정반대입니다. 돈이 시가 되고 시는 똥이 되었습니다. 이젠 끝장입니다. 썩었어요. 모조리 썩었습니다……."

"그래도 시인은 영원히 시인입니다."

"때는 이미 늦었어요. 저는 영원히 시를 쓸 수 없습니다. 시인의 이름을 똥으로 더럽혔기 때문입니다."

사내는 약간 흥분해 있는 것 같았다.

"시인의 이름을 더럽혔다니 무슨 말씀이신가요."

"어느 날 뱃가죽에 지방질이 겹겹으로 붙어 있는 무식

한 놈 하나가 저를 찾아왔습니다. 양조장을 경영해서 돈 깨나 벌어들인 놈이었습니다. 제 이름자도 제대로 쓰지 못하는 주제에 분에 넘치게도 어떤 감투까지 쓰고 있었지요. 제게 찾아와서는 자기의 자서전을 써달라는 것이었습니다. 거액의 돈을 싸들고 왔더군요. 그 돈을 보는 순간 저는 갑자기 눈이 뒤집혀버리고 말았습니다. 그래서 그만 그 일을 수락하고 말았지요. 그동안 저는 너무 많이 굶어 왔었습니다. 탈진 상태였어요. 저는 누이동생과 단둘이 셋 방살이를 하며 살고 있었습니다. 누이동생이 언제나 불쌍하게 생각되어지곤 했었습니다. 날마다 미안했어요. 좋은 옷 한 벌도 못 사 입히고 날마다 고생만 시켰어요. 저는 썼습니다. 땀을 뻘뻘 흘리며 썼습니다. 오직 돈만 생각하고 말입니다. 정신없이 쓰고 나니 어느새 겨울이었어요. 곧 책이 나올 겁니다. 그러나 저는 졌습니다. 영원한 패배입니다. 아, 눈도 참 억수로 쏟아지고 있군요. 옘병할……"

우리는 어느새 창녀촌 입구까지 다다라 있었다. 머리에 눈을 하얗게 뒤집어쓴 여자들 몇이 입구에서 손님을 기다리고 있다가 너 잘 왔다는 듯 우루루 우리에게로 달려들었다.

우리는 더 이상 골목 안으로 들어갈 사이도 없이 그녀

들에게 각각 사냥되어졌다.

그녀들이 우리를 껍질 벗기기 위해 들어간 집은 음침하고 을씨년스러워 보였다. 비록 함박눈이 내리고 있기는 했지만, 그리고 이런 날은 창녀들의 살도 백설같이 깨끗해진다고 사내가 말하기는 했었지만, 이제 나는 완전히 그런 기대감을 가질 수가 없었다.

"선생, 부디 즐거운 시간을 보내시기 바랍니다."

사내가 나를 사냥한 여자에게 화대를 지불해 주고 나서 내 어깨에 가볍게 손을 얹고 말했다.

"왠지 쑥스럽고 미안한데요."

나는 나를 사냥한 여자의 방문 앞에서 몹시 거북한 태도로 머뭇거리고 있었다.

"적어도 여기서만은 우리 당당해집시다."

그럼 내일 아침에 다시 함께 해장술이나 마시자는 말을 남기고 사내는 자기 여자와 함께 흐릿한 불빛이 번져 흐르는 복도를 걸어 어느 방으론가 들어가 버렸다. 그러나 결코 사내도 당당해 보이지는 않았다.

"왜 그렇게 멍청히 서 있는 거야. 자, 우리도 빨리 들어가서 한탕 뛰자구. 엠병할 거."

나는 더욱더 난감해져 가고 있었다. 도저히 마음이 내

키지 않는 일이었다. 그러나 무작정 이렇게 밖에서 떨고 서 있을 수만은 없는 노릇이었다. 나는 부득이 여자를 따라 방으로 들어가는 수밖에는 별다른 도리가 없었다.

방은 생각보다는 비교적 깨끗한 편이었다. 전축도 있고 침대도 있었다. 그리고 훈훈했다.

"자, 이거 쓸 테면 쓰라구."

여자가 화장대 서랍 속에서 무엇인가를 꺼내 내게로 내밀었다. 그것은 은박지로 포장되어 있었고 납작하고 네모 반듯한 모양이었다.

"이게 뭐요."

"괜히 순진한 척하구 있네. 뭐긴 뭐야. 장화지."

콘돔이 들어 있는 모양이었다. 콘돔, 콘돔, 콘돔과 고모라라고 하는 영화가 있었던가. 없었던가. 없었던가. 없었던가. 없었······다. 〈소돔과 고모라〉였다.

이 고무 제품과 사랑이라는 말 사이에는 상당한 희극이 가로놓여 있다는 생각이 들었다. 여자는 아무 거리낌 없이 옷을 훌훌 벗어던지고는 침대 위에 반듯이 드러누웠다. 대단히 사무적인 태도였다.

"빨리빨리 해!"

여자가 신경질적으로 내게 말했다. 그러나 나는 아무런

감정도 느낄 수가 없었다. 도대체 내가 이 여자와 왜 그 짓을 해야 하며, 게다가 빨리빨리까지 해야 하는지, 잘 납득이 가지 않았다. 나는 그대로 멍청하게 방 안에 서 있었다. 그러자 여자가 다시 소리쳤다. 역시 신경질적인 목소리였다.

"고자야 뭐야. 왜 그러구 서 있는 거야, 안 해?"

나는 그냥 자겠노라고 말했다. 여자는 침대에서 내려와 다시 옷을 주섬주섬 챙겨 입었다. 그리고 멋쟁이 멋쟁이, 자기 멋쟁이, 호들갑을 떨며 간드러지는 동작으로 내 어깨를 떠다밀었다.

"침대에서 자요. 난 잠깐 나갔다 올 테니까. 알았지."

그리고 여자는 밖으로 나가버렸다. 나는 혼자 멍하니 침대에 걸터앉아 있었다. 밤이 깊어가고 있었다. 사방은 고요했다.

여자는 새벽이 되어도 돌아오지 않았다. 그러나 화가 나는 것은 아니었다. 오히려 마음이 편안했다. 이제 그야 말로 올 때까지 와버렸다는 생각이 들기도 했다. 완벽하게 밀어붙여져 있는 듯한 느낌이었다.

내게 있어 세상은 잘 설계된 하나의 미로상자 같은 것이었다. 그 미로상자는 출구도 먹이도 없었다. 끊임없는 시행착오와 좌절을 거듭하다가 결국은 그대로 기진해서 숨을 거두어야 하는 복잡한 무덤의 골목들, 나는 그 무덤의 골목들 속을 날마다 헤매면서 한 여자를 찾아내어 함께 탈출하는 꿈을 꾸곤 했었다.

충분한 월급, 과장이라는 직책, 안정된 의자, 내가 그 모든 것을 내던지고 회사를 탈출한 것은 미로상자 속의 골목 하나를 벗어난 것에 불과했었다. 나는 하루에도 몇 번씩 막다른 골목에 부딪혔고 하루에도 몇 번씩 좌절했다.

나는 자유롭게 살고 싶었다. 나는 인간답게 살고 싶었다. 그러나 단 한 번도 자의에 의한 삶을 살아갈 수가 없었다.

나는 언제나 외톨이였다. 사람들은 어느새 돈이나 기계나 제도 따위와 한패가 되어 나와는 전혀 다른 시간들을 경영하며 살아가고 있었다.

사랑하는 반 고흐. 나도 한쪽 귀라도 자르고 싶다.

회사를 박차고 나와 나는 줄곧 그림을 그려보려고 노력했었다. 그림에 소질이 있었던 것도 아니고 특별한 취미가 있었던 것도 아니었다. 다만 그 무엇엔가 열심히 미친 듯이 나 자신을 불태워보고 싶어서였다. 그러나 나는 그 아무것에도 나를 불태워볼 수가 없었다. 나는 이미 가슴이 너무 많이 녹슬어 있었던 것이다. 회사에다 모가지를 묶어 놓고 굽신거리고 쫓기고 밟히는 동안 내 가슴에 배어든 그 타성의 녹물. 나는 어느새 기계가 되어 있었던 것이다.

나는 다시 살아나고 싶었다. 나는 내 가슴에 배어든 그 녹물을 닦아내고 싶었다.

회사를 박차고 나왔을 때 나는 모두에게 비웃음을 받았다.

내가 다니던 회사는 보험회사였다. 사표를 던지고 돌아서는 내게 실장이 물었었다.

"그래도 먹고살 만한 돈은 있어야 할 텐데요. 앞으론 그래 어떻게 살아가실 작정입니까?"

나는 대답했다.

"권총을 하나 구해서 보험회사라도 털겠습니다."

"그 많은 돈을 다 어디다 쓰시려고. 내가 알기론 김 과장은 대단히 검소한 양반이신데."

"다시 보험에 가입해서 그 보험금을 지불하는 데 쓰지요."

나는 그로부터 조금씩 자유로워져 가기 시작했다. 그러나 내가 자유로워지면 자유로워질수록 타인들은 나를 미친 놈으로 생각했다. 심지어는 내 아내와 자식들조차도였다.

나는 자유로워지기는 했다. 그러나 나는 외톨이가 되었

다. 나는 차츰 삭막한 세상이 싫어지고 삭막한 인간이 싫어지고 그들과 함께 영원히 화해할 수 없는 나 자신이 가련하다고 생각되어지기 시작했다. 어디를 가든 삭막한 대화, 녹슨 가슴뿐, 나는 더 이상 견디어낼 수가 없었다.

그러나 오늘 내가 만난 이 사내는 어딘지 모르게 나와는 뜻과 대화가 통할 것 같은 느낌을 주고 있었다.

사내는 미처 날이 밝기도 전에 내 방문을 노크했다. 다섯 시쯤일 거였다. 인연이 있으면 또 만나겠지, 손바닥만한 세상인데, 라는 생각을 떠올리며 내가 막 노란 옷을 입은 여자를 찾아 나서기 위해 침대에서 몸을 일으켜 세웠을 때였다. 몇 번의 노크 소리, 이어 내가 대답했었다.

"난 괜찮으니까 다른 손님한테 가서 편히 자요."

나는 아까 나갔던 여자인 줄 알았었다. 그러나 뜻밖에도 방문을 연 것은 사내였다.

"선생도."

사내는 내가 혼자 있었음을 확인하자 이렇게 말했다.

"저도 줄곧 혼자 잤었던 셈입니다. 일을 치르고 잠든 사이 계집이 도망쳐 버렸던 모양입니다. 잠결에도 허전한 생각이 들어 곁을 더듬어보았더니 허탕이었어요. 아마 여관뛰기를 하러 갔을 겁니다. 우린 배반당한 거예요. 세상

52

이 하도 추워서 이런 데 와서만이라도 잠시 따스해 보고 싶었는데 우라질, 안 되는군요."

사내는 해장을 하러 가자고 내게 말했다. 자기가 새벽에 문을 여는 해장국집 한 군데를 알고 있다는 거였다.

"해장국을 말아놓고 막걸리라도 한 사발 쭈욱 들이켭시다."

그러나 나는 사양하기로 마음먹었다. 이 사내와 함께 술을 마시면 마냥 붙들려 있게 될 것만 같았다.

"저는 오늘 하루 종일 해야 할 일이 있습니다. 제게 있어서는 그 무엇과도 바꿀 수 없는 중요한 일이죠."

"선생도 그럼 직장에 나가십니까?"

사내는 적이 실망했다는 듯한 표정이었다. 나는 내가 찾는 노란 옷을 입은 여자에 대해 대충 설명을 늘어놓았다.

"그랬군요. 역시 내 눈은 정확합니다. 저는 어제 술집에서 선생을 보았을 때부터 뭔가를 눈치 챘었습니다. 멋집니다. 선생, 꼭 찾아내시기를 빌겠습니다."

그러나 사내는 조금 쓸쓸해졌다는 듯한 표정이었다.

우리는 나란히 창녀촌 골목을 빠져나오기 시작했다. 눈은 그쳐 있었다. 밤사이 내린 눈 위로 쌀쌀한 새벽 냉기가 날을 세우며 스쳐가고 있었다.

"제 누이동생을 선생께 보여주고 싶습니다. 노란 옷을 입혀서 말입니다. 제 누이동생은 착하고 예쁩니다. 하지만 요즘 연애 중에 있습니다. 제 누이동생은 불쌍하게도……."

무슨 말인가를 하려다 말고 사내는 그만 입을 다물어버렸다.

"정말 헤어지기가 섭섭하군요. 모처럼 뜻이 통하는 분이었는데."

시내로 나와 헤어지며 사내는 말했다.

"비가 내리면, 겨울비라도 내리게 되면, 어제의 그 선술집으로 나오십시오. 그땐 제가 한잔 사드리지요. 정말 고마웠습니다."

라고 내가 말했다.

나는 사내와 악수를 나누었다. 또다시 오늘 하루의 방황이 문을 열고 있었다. 몹시 춥고 발이 시렸다.

나는 며칠 동안 심한 독감으로 내 방에 드러누워 있었다.

나는 아무것도 해낸 것이 없었다. 노란 옷을 입은 여자도 찾아내지 못했고 구두도 훔쳐 신지 못했고 도둑질도 변변히 못해 보았다. 오히려 슈퍼마켓에서 계란을 훔치다가 들켜 감시원에게 따귀만 몇 대 얻어맞고 쫓겨났었다.

그래서 이젠 내 식당이 하나 없어져 버린 셈이 되었다.

"요샌 어쩐 일로 계속 방구석에만 자빠져 누워 있지. 참 별꼴이야. 이그 저 웬수!"

밥상을 들여놓고 하숙집 여편네가 문을 닫으며 밖에서 긁어대는 바가지 소리였다.

"저런 위인을 남편이라고 데리고 사는 나도 미친년이지."

이런 소리도 들려왔다. 망할 놈의 여편네!

언제나 저 모양이었다. 결혼한 지 3년이 지나고 나서부터는 완전히 하숙집 주인 여편네로 변해 있었다. 남편이 어디가 아파도 아픈 줄을 모르고 회사에서 언짢은 일이 있어서 울적한 기분으로 집에 돌아와도 기분 한 번 전환시켜 줄줄 몰랐다. 언제나 내 신세를 남과 비교하면서, 월급이 적다느니 가정일엔 조금도 신경을 써주지 않는다느니 옷 하나 가지고 3년을 입었다느니 따위의 말로 내 신경을 긁어놓곤 했었다.

나는 하숙생에 불과했었다. 돈 갖다 바치고 밥이나 얻어먹는 하숙생에 불과했었다. 양복 소매 단추 같은 게 떨어졌을 경우 말을 안 하면 1년 내내 모르고 지내는 여자. 나는 그런 여자의 남편이라고 생각하고 싶지가 않았다.

출근을 할 때도 가슴이 무거웠고 퇴근을 할 때도 가슴

이 무거웠다. 어느새 나는 발기불능의 남자가 되어 있었다. 밤이면 언제나 경멸을 받아야만 했었다. 그리고 심한 열등감에 사로잡혀 몇 번이고 미안해, 소리를 연발해야만 했었다.

그러나 이젠 만사가 귀찮았다. 미안해고 뭐고가 문제가 아니었다. 그렇다. 나도 이젠 당당하게 살 작정이었다. 돈과 기계와 제도에서 해방되어 무한하게 자유롭고 싶었다. 그러다가 정 살 수 없는 상태에 이르면 농약이나 마시고 자살해 버릴 작정이었다.

아, 그러나 노란 옷을 입은 여자……

그 완전한 여자를 한 번만이라도 만나보고 싶었다.

나는 빨리 겨울이 끝나주기를 빌고 있었다. 그리고 빨리 독감이 끝나주기를 빌고 있었다. 문자 그대로 정말 지독한 감기 '독감(毒感)'이었다. 목구멍이 아프고 골이 쑤시고 코는 코대로 전부 막혀서 숨을 쉬기가 몹시 거북했다. 심하게 열이 나고 뼈마디가 쑤시고 가래도 끓었다.

그러나 아무도 걱정해 주는 사람은 없었다. 약을 사 먹기 위해 여편네에게 돈을 좀 달라고 했다가 일언지하에 거절당해 버렸다.

"빈둥빈둥 놀고만 있으니 뼈마디가 쑤시고 골이 아프

지. 하다못해 노동판에 나가서 자갈짐이라도 짊어져 보구
랴. 어디 아플 새가 있는가. 남들은 취직을 못해서 눈이
벌개가지고 날뛰는데 그 좋은 직장을 팽개치고 미친놈 흉
내나 내면서 돌아다녀? 아파도 싸지 싸."

  그래서 나는 감기가 절로 나아주기를 기다리는 수밖에
없다는 생각을 했다.

  밤이면 기침이 심하게 쏟아져 나오고 가래도 끓었다.
이러다간 더 큰병이라도 생겨 고생만 하다가 쥐도 새도
모르게 개죽음을 당할 것만 같았다.

  애들 역시 나를 거들떠도 안 보는 게 예사였다. 아빠 때
문에 동네 애들 보기가 창피해서 못 살겠다는 거였다.

  애들은 애들대로 완전히 즈이 어멈에게 물이 들어서 차
라리 아빠 따윈 없는 편이 더 낫다는 식의 얘기를 내 앞에
서도 공공연하게 떠들어댈 정도였다. 다른 애들의 아빠와
비교해 볼 때 우리 아빠는 형편없이 쪼다라는 거였다. 여
편네가 나를 괄시할 때는 그런 대로 참아낼 수도 있었지
만 애들에게서까지 그런 얘기를 듣고 나면 공연히 울고
싶어지고 당장 손이 호주머니 속에 들어 있는 농약병으로
이끌려지곤 했다.

  그러나 봄이 되면, 또는 노란 옷을 입은 여자라도 만나

게 되면, 혹시 내가 이 세상을 좀더 길게 살아가야 할 이유가 발견되어질는지도 모를 일이었다. 참아야지. 어떻게 해서든 무사히 이 겨울을 넘겨야지. 나는 마음속으로 혼자 다짐을 하곤 했었다.

여편네는 낮이면 언제나 외출해서 밤늦게야 귀가하는 버릇이 있었고 더러는 술에 만취되어 내게 주정까지 할 정도가 되어 있었다. 춤바람이 났는지 도박에라도 미쳤는지, 하여간 막말로 개판 5분 전이 되어 있었다. 더러는 차라리 이혼이라도 해버리자고 쨍쨍거리기를 서슴지 않기도 했다.

당연히 나는 비애감만 더해 갈 뿐이었다.

바람이 몹시 불고 있었다. 나는 심하게 기침을 하며 메리야스 공장 정문 앞에 서 있었다. 누우런 먼지들이 하늘 가득히 몰려다니고 있었다. 그 누우런 먼지들이 몰려다니고 있는 하늘 저 끝, 봄이 예감처럼 서려 있었다.

기침을 도저히 참을 수가 없었다. 가래를 뱉으면 피가 조금씩 섞여 나오기도 했다. 아무래도 심상치가 않은 것 같았다.

나는 초조해지고 있었다. 봄이 오기도 전에, 그 노란 옷을 입은 여자를 만나 보기도 전에 뜻하지 않은 병으로 죽고 말 거라는 불안감이 앞섰다.

병으로 죽어서는 안 된다. 죽으려면 차라리 농약을 먹고 떳떳하게 죽어야 한다. 나는 몸을 웅크리고 메리야스 공장 정문 앞에 서서 여공들이 나타나 주기를 기다리고 있었다. 이른 아침이었다.

이제 그 노란 옷을 입은 여자가 있을 만하다고 짐작되어지는 곳이면 거의 다 뒤적거려본 셈이었다. 과연 그 노란 옷을 입은 여자가 메리야스 공장에 와서까지 일해야 할 정도로 형편이 각박할 것인지 어떤지에 대해서는 확실한 판단을 내릴 만한 처지가 못 되는 게 지금의 내 입장이었다. 우선 최선을 다해서 찾아보아야겠다는 생각뿐이었다.

자꾸만 기침이 나를 괴롭혔다. 바람은 바람대로 내 옷섶을 열어젖히며 살갗 깊이 싸늘한 칼날로 와 닿고 있었다.

잠시 후 한 무리의 여공들이 버스에서 내려 도시락을 들고 이쪽으로 재잘거리며 오고 있는 것이 보였다. 나는 긴장하기 시작했다. 그러나 점잖게, 그리고 침착한 태도로 말을 걸어야 한다고 스스로에게 타일렀다.

바람이 너무 심하게 불고 있었으므로 그 한 무리의 여공들의 모습은 저마다 펄럭거리며 내 앞으로 걸어오고 있는 것 같아 보였다. 마른 땅바닥에서는 끊임없이 모래알 쓸려 다니는 소리가 싸르락싸르락 들려오고 있었다. 바람에 불려온 휴지 나부랭이 따위들이 메리야스 공장 담벼락 밑에 모여 못 살겠네, 못 살겠네, 몸살들을 앓고 있었다.

"공주님들."

이윽고 여공들이 완전히 내 앞에까지 왔을 때, 나는 비행기처럼 양쪽 날개를 활짝 펴고 그녀들 앞을 막아섰다.

"말씀 좀 물읍시다. 죄송하지만 말입니다."

여공들은 뜻하지 않은 이 진로 방해에 대해 적잖이 흥미롭다는 태도들을 보이며 왜 그러시냐는 듯 발길들을 멈추었다. 그녀들을 '공주님들'로 호칭한 건 참 잘한 일이라는 생각이 들었다.

"사람을 하나 찾으려고 하는데요. 나이는 공주님들 또래라고 해도 좋겠고. 얼굴은 맑고 깨끗해요. 마음씨는 아주 착합니다. 겨울 내내 찾아 헤매던 여자예요. 꼭 찾아야 합니다. 노란 옷을 입은 여자지요. 네, 그 노란 옷이 중요합니다. 쿨럭쿨럭 쿠울럭……."

나는 횡설수설 단숨에 말해 버리고 기침을 연발하기 시작했다.

"그 여자애의 이름이 뭔데요?"

"이름은 모릅니다."

"키가 커요?"

"여자로서는 적당한 키예요. 머리가 내 턱 밑에 닿을 정도의 킵니다."

"예뻐요?"

"예쁩니다. 나비처럼."

"이 공장에 다니고 있대요?"

"모르겠어요. 무작정 찾아 헤매고 있습니다."

여공들은 저마다 한마디씩 질문을 던졌고 나는 되는 대로 대충대충 대답을 해주었다.

"이름도 성도 모르고 어디 있는지도 모르면서 어떻게 그 여자를 찾겠다는거죠?"

"글쎄 말입니다. 하지만 이렇게 찾아 헤매다 보면 우연히 만날 수 있을는지도 모르죠. 혹시 이 공장 공주님들 중에 노란 옷을 입고 다니는 공주님을 본 적이 없으신지, 한 번 잘 생각해 봐 주십시오."

"노란 옷. 꼭 노란 옷이라야 되나요? 노란 머리핀은 안 되나요? 노란 머리핀만 꽂고 다니는 여자애는 있어요."

"아닙니다. 머리핀이 아닙니다. 노란 옷입니다."

"그 여자앤 아저씨하고 어떤 사이인데요?"

"뭐, 거 뭐랄까. 애인……."

내가 어물어물 말꼬리를 흐려버리자 여공들 중의 하나가 자기들끼리 이야기하는 투로 이렇게 한마디를 던졌다.

"저 사람 약간 돌은 거 같지 않니? 틀림없이 돌았을 거야."

그리고 이어 몸집이 뚱뚱하고 성격이 활달해 보이는 여공 하나가 내 앞으로 가슴을 쓰윽 내밀며 당당하게 나섰다.

"아저씨, 애인이 없으세요? 그럼 전 어때요."

그러자 모여섰던 여공들 사이에서 양철판 위에 호도알 굴러가듯 땍대구루루 웃음이 굴러갔고 나는 차츰 놀림감이 되어가기 시작했다.

"공순이들을 보고 공주님들이라고 하는 걸 보면 제정신은 아닌가 봐. 자길 무슨 거지왕자로나 생각하고 있나 봐. 얘, 뚱자야. 니가 공주님 행세를 하면서 저 거지왕자님하고 약혼식이라도 올리렴."

그리고 다시 웃음, 웃음…….

잠시 후 그녀들은 시간됐다 얘, 어쩌구저쩌구 와자지껄 떠들면서 공장 안으로들 몰려 들어가 버렸다. 나는 역시 잘못 왔다는 생각이 들었다. 그 노란 옷을 입은 여자가 메리야스 공장에서 저런 여자애들과 함께 실밥이나 뜯고 앉아 있을 것 같지는 않았다.

나는 다시 발길을 돌렸다. 바람은 계속해서 세차게 불고 있었고, 내 허파는 계속해서 펄럭거리고 있었고, 기침이 자꾸만 터져 나왔고 터져 나왔고 터져 나왔, 쿨럭쿨럭 쿨럭 쿨럭쿨럭 제기랄!

나는 이제 또 어디로 가서 노란 옷을 입은 여자를 찾는 광대 노릇을 할 것인지, 과연 오늘은 그 여자를 찾아낼 수가 있을 것인지, 막연하기만 했다. 구멍가게 문짝이 바람에 쓰러지고 있는 것이 보였다. 세워져 있는 문짝에는 세련되지 못한 글씨체로 3자가 그려져 있었다. 쓰러진 문짝의 번호는 2일까 4일까. 아마 2일 거였다.

구멍가게 옆에는 미장원. 미장원 문짝은 완전히 엎어져 있었다. 나는 짚이는 게 있어 미장원으로 걸음을 옮겼다.

"실례합니다."

미장원 문을 열자 더운 기운이 곧 내 얼굴로 묻어옴을 느낄 수가 있었다.

두 명의 미용사가 한 명의 손님을 의자에 앉혀놓고 머리카락 튀김을 만들고 있는 중이었다.

"어떻게 오셨어요."

두 명의 미용사 중 키가 좀 작은 미용사가 내게 물었다. 나는 다시 노란 옷을 입은 여자에 대해 간단히 설명해 주었다. 그리고 이 미장원 단골손님 중에 혹시 그런 여자가 없는가를 물어보았다. 만약 있다면 한 달이고 두 달이고 이 미장원 앞에서 기다려볼 심산이었다.

"커트머리 아가씬가요. 파마머리 아가씬가요. 아니면 디스코머리 아가씬가요."

이번에는 키가 좀 큰 미용사가 내게 물었다. 약간 빈정거리는 듯한 어투였다.

"글쎄요. 뭐 잘은 모르지만 비교적 단정한 머립니다."

"학생이에요?"

"꼭 학생이랄 것까지야 없지만 비발디 정도는 알고 있는 여잡니다. 뭉크나 보들레르 정도는 알고 있는 여자죠."

"그게 뭔데요."

역시 빈정거리는 어투.

"먹는 거죠, 과일 종류입니다."

나는 아무렇게나 대답해 버렸다. 이번에도 헛짚었구나 싶은 생각이 들었다.

"손님들 식성까지 우리가 일일이 다 어떻게 알아낼 수가 있나요. 그리고 우리 미장원엔 그렇게 어린 여자분들 보다는 좀 부티 나는 귀부인족들이 많이 오는 편이에요. 이래 봬도 기술은 누구한테도 떨어지지 않는다구요."

나는 그만 돌아서기로 마음먹었다.

"아, 지금 생각하니까 그 노란 옷을 입은 여자는 생머리였습니다. 아름다움을 가꿀 줄은 알지만 허영을 좋아하지는 않는 성미죠."

나는 실례했노라는 말을 남기고 미장원을 나왔다.

내 하숙집 여편네는 조금만 신경질이 나도 머리카락을 가지고 농간을 곧잘 부린다. 꽁지 빠진 씨암탉처럼 만들어보기도 했다가 바글바글 볶아보기도 했다가 지글지글 튀겨보기도 했다가…… 하여간 변덕스러운 성격만큼이나 헤어스타일도 변화무쌍하다. 1년에 최소한 헤어스타일이 여덟 번은 바뀐다. 그러니까 한 계절에 최소한 두 번씩은 바뀌는 셈이다.

한 번씩 바뀔 때마다 얼굴도 생판 다르게 보인다. 영락없는 갯놀이 여편네 같기도 했고 무슨 요정이나 다방의 가오마담 같기도 했으며 바람난 과부상 같기도 했다. 따라서 나는 1년에 최소한 여덟 번씩은 그런 식으로 여자를 바꿔가며 하숙을 하는 셈이 된다. 즉, 1년에 최소한 여덟 번씩은 하숙집 여편네가 바뀌게 되고 그 눈치와 비위 맞추기 속에서 주눅이 들어야 하는 것이다.

그렇다. 내가 미장원엘 들러 노란 옷을 입은 여자를 찾으려고 했던 것은 오산이었다. 그 노란 옷을 입은 여자는 결코 변덕이 팥죽 끓듯 한다거나 성질난다고 머리카락이나 못살게 구는 따위의 자제력 없는 여자는 아닌 것이다.

이제 또 어디로 가서 찾아보아야 할 것인지…….

나는 곰곰이 그 노란 옷을 입은 여자를 찾을 수 있을 만한 장소를 생각해 보기 시작했다. 간헐적으로 기침이 쏟아져 나왔고, 자꾸만 숨이 가빠져 왔으며, 어디 가서 단 10분이라도 따스하고 편안하게 잠들고 싶다는 생각이 들었다. 바람은 도시 곳곳을 누비며 행패를 부리고 있었다. 대개의 사람들이 정면으로 바람을 맞으며 걸어다니지 못하고 비스듬히 옆으로 자세를 바꾸어 걷거나, 완전히 등을 돌려 바람을 막으면서 주춤주춤 걷다가는 다시 자세를 바로잡곤 하는 모습으로 거리를 오가고 있었다.

나는 문득 양장점을 찾아 들어가 물어보는 것이 빠르지 않을까 하는 생각을 했다.

그럴듯한 생각인 것 같았다. 왜 진작 양장점을 생각지 못했을까. 나는 기침을 하며 사방을 두리번거려 보았다. 그러나 양장점은 눈에 띄지 않았다. 좀더 걸었다. 그리고 비로소 양장점 하나를 발견했다.

"무슨 일로 오셨는데요."

내가 양장점 안으로 들어서자 크로키북에다 무엇인가를 끄적거리고 있던 30대 초반 나이쯤의 여자가 상냥한 목소리로 내게 물었다. 그러나 그 상냥한 목소리는 그녀가 오랫동안 옷장사를 하면서 어쩔 수 없이 꾸며낸 목소리일 뿐이지 그녀 본래의 목소리라고는 생각되어지지 않았다.

나는 그녀에게 최근에 노란 옷을 맞춰 입고 간 여자가 혹시 없느냐고 물어보았다. 희디흰 피부, 청순한 자태, 착한 마음씨, 나지막한 목소리…….

"최근에라구요?"

무엇인가를 잠시 생각하더니 양품점 여자가 말했다.

"최근에는 없는 것 같군요."

나는 적이 실망하지 않을 수 없었다. 그러나 곧 최근 말고 좀 오래전에는 있었느냐고 다시 물어보았다.

"있었을 거예요."

양장점 여자의 자신 있는 대답이었다. 그녀는 양장점 한편에 드리워져 있는 커튼을 향해 김군아, 하고 누군가를 불렀다. 그리고 곧 커튼을 젖히고 김군이라는 20대의 청년이 나타났다. 손에는 가위 하나가 들려 있었다.

"쟤한테 한번 물어보세요."

양장점 여자는 다시 크로키북을 집어들며 내게 말했다. 그녀는 이미 내가 자기의 장사와는 전혀 상관없는 용무로 이 양장점에 들어섰음을 간파해 버렸음이 분명해 보였다. 그러나 나는 염치불구하고 다시 그 노란 옷을 입은 여자에 대해 김군이라는 청년에게 대충 설명을 해주었다.

"작년 가을에 두 벌을 만들었어요. 노란 옷은 노란 옷이었지요."

김군이라는 청년이 내 얘기를 듣고 우선 이렇게 서두를 끄집어내었다. 나는 갑자기 머릿속이 확 밝아져 버리는 듯한 느낌이었다. 그래서 그 여자의 이름과 주소를 알 방도가 없겠느냐고 다급히 말했다.

"주소는 모르지만 이름은 알 수 있을 거예요. 영수증철을 뒤적거려보면 말입니다. 하지만 아저씨가 찾는 여자는 아닌 것 같은데요. 작년 가을에 옷을 맞춘 그 여자는 우리 양장점 단골이기 때문에 제가 잘 기억하고 있죠. 서른네 살정도나 되는 여자예요. 남편이 아마 주유소를 경영할 거예요. 까다롭고 오만한 성격이죠. 요즘은 우리 양장점에서 옷을 맞추지 않아요. 아마 단골을 바꾸었을 겁니다……."

나는 전신에 맥이 빠져옴을 의식했다. 그러나 포기할 수는 없었다. 나는 가까운 양장점이 어디에 있으며 그 양장점 이름이 무엇인가를 물어보고 난 다음 실례했노라는 말을 남기고 밖으로 나왔다.

양장점마다 찾아다녀 볼 심산이었다. 물론 노란 기성복을 사 입을 수도 있기는 있을 거였다. 그러나 웬지 나는 그녀가 자기의 모습에 잘 어울리는 디자인과 치수로 아름답게 만들어진 맞춤복을 입고 있을 거라는 생각이 들었다.

나는 바람에 점령당한 도시의 아침을 추위와 외로움에 떨며 걷고 있었다. 간판만 보며 걷고 있었다.

그러다가 양장점을 만나면 노란 옷을 입은 여자에 관한 프로필을 말해 주고, 혹시 이 양장점에서 그런 여자가 옷을 맞추어 입지 않았는가를 물어보고, 거듭 실망하고, 거듭 기침을 하고, 또 더러는 미친놈 취급을 받기도 하면서 하루 낮을 모두 보내어버렸다.

이윽고 밤. 밤에도 바람은 심하게 불고 있었다. 낮에보다 더욱 심하게 불고 있었다. 목 놓아 마른 나뭇가지를 붙들고 울기도 하고, 난폭하게 건물들의 창문을 뒤흔들어놓기도 하면서 무슨 일인가가 일어나고야 말지도 모른다는 예감까지 들 정도로 심하게 심하게 불고 있었다. 허공을 쓸려 다니는 먼지들이 얼굴을 스치는 감촉까지 느낄 정도였다.

그러나 마침내 나는 찾아내고야 말았다. 열흘 전에 노

란 옷을 맞춰 입은 한 여자의 이름을.

시작한 지 얼마되지 않았다는 어느 양장점에서였다. 내가 말한 여자와 아주 흡사한 여자가 옷을 맞춰 입었다는 거였다. 그것도 노란 옷을.

"바로 이 천입니다. 아주 밝고 예쁜 색이죠. 그 아가씨한테 썩 잘 어울리는 원피스였어요. 잠깐 기다려보세요. 그 아가씨의 이름을 가르쳐드리죠. 영수증철에 있을 거예요. 어디 보자…… 아 여기 있군요. 권병희."

"주소는, 주소는 적혀 있지 않습니까?"

"애석하게도 주소는 적혀 있지 않아요."

"그럼 대략 어디 사는 여자인지 짐작될 만한 일이라도……"

"글쎄요."

"잘 좀 생각해 봐 주십시오."

"가만있자…… 교선동, 그래요. 교선동에 산다는 얘길 들은 적이 있어요. 언덕배기여서 수돗물이 잘 나오지 않는다고, 그 아가씨의 친구와 함께 가봉을 하러 와서 서로 불편을 털어놓는 소릴 들은 기억이 있어요."

그 양장점 주인 여자의 얘기를 들으면서 비로소 나는 가슴이 환하게 밝아옴을 의식했다. 기침이 어느새 사라져

버리는 것 같은 느낌이었다. 그러나 기침은 여전히 내 몸속 어딘가에 쌓여 있다가 채 5분도 못 되어서 다시 터져 나왔다. 쿨럭쿨럭 쿨럭쿨럭…….

"대단히, 대단히 고맙습니다. 만약 찾게 되면 반드시 이 은혜는 잊지 않겠습니다."

"어떻게 되는 사인데요?"

"말로는 도저히 설명하기가 곤란합니다. 상징의 여자니까요. 하여튼 제 생명과도 관계가 있는 여잡니다."

"어려워서 잘 모르겠네요, 전. 다만 꼭 찾으시길 빌겠어요."

"고맙습니다. 정말 고맙습니다."

권, 병, 희.

나는 신음하듯 입속으로 되뇌이고는 혹시나 잊어버리지나 않을까 염려되어 황급히 수첩을 꺼내 크게 그녀의 이름을 적어 넣었다. 감격스러워서 눈물이 다 날 지경이었다. 나는 시작한 지 얼마되지 않는다는 그 양장점 여주인이 오래오래 그렇게 아무 사람에게나 친절하고, 또 오래오래 창창하게 양장점을 경영해서 부디 자손만대까지 복되게 살기를 진심으로 빌었다.

나는 세찬 바람을 한 모금씩 울컥울컥 들이켜며 교선동

동사무실을 향해 내달리기 시작했다. 가슴이 뛰고 있었다. 무슨 소리든 외치고 싶었다.

중앙극장을 지나 행원동을 벗어나서 교선동으로 접어들면서 나는 완전히 어떤 희망으로 뒤범벅이 되어 있었다. 마치 그 여자와 만날 약속이라도 있는 것처럼, 그래서 그 여자가 지금 노란 옷을 입고 교선동 언덕배기 어디쯤에서 바람 속에 옷깃을 여미며 초조히 나를 기다리고나 있는 것처럼, 전신에 노오란 꽃물이 배어들고 있는 듯한 기분이었다.

그러나 구두가 문제였다. 내 낡은 가죽구두가 문제였다. 좀처럼 빨리 달릴 수가 없었다. 그리고 기침도 문제였다. 달리다가 멈추어서는 기침을 해야만 했다. 목구멍이 아프고 뼈마디도 쑤시고 현기증도 났다.

그리하여 내가 교선동 동사무실 앞에까지 당도했을 때 나는 탈진 상태가 되어 있었다. 숨이 너무 가빠서 질식해 버릴 것만 같았다. 이마를 짚어보니 열이 불덩어리 같았다.

나는 가까스로 정신을 가다듬었다. 그리고 내가 해야할 다음 행동을 생각해 보았다.

동사무소 사무실 안은 캄캄하게 불이 꺼져 있었다. 현관문도 채워져 있었다. 나는 건물 뒤쪽으로 돌아가 보았다. 예상대로 숙직실에는 불이 켜져 있었다. 나는 잠시 망설였다. 그리고 생각들을 정리해 보았다. 정직하게 이야기해서는 쉽게 집을 가르쳐줄 것 같지 않았다. 나는 상황에 따라 거짓말도 불사하겠다는 결심을 굳혔다.

"계십니까."

나는 목소리를 가다듬어 몇 번 계십니까를 연발했다. 바람 소리 때문에 밖의 인기척이 잘 들리지 않는 모양이었다. 한참 만에야 문이 열렸다.

"무슨 일로 오셨는지요?"

40대 정도의 남자 목소리였다. 남자의 뒤로 엿보이는 방바닥에는 서류들이 어수선하게 널려 있었다. 바쁜 모양이었다. 미안한 생각이 들었다. 나도 밤새워 여관방에서 회사의 서류를 정리해 본 경험이 있었다. 삶에 대한 회의는, 이렇게 바람 부는 날 밤 한잔의 술이라도 마시고 싶다는 충동을 참고 사무적인 일로 혼자 밤을 새우는 도중 느닷없이 찾아온다는 사실도 나는 경험을 통해 잘 알고 있었다. 이런 상태에서 뜻밖의 방문객이 나타나 또 하나의 일거리를 맡기게 된다면 그건 정말 귀찮고 신경질 나는 노릇이었다.

"죄송합니다."

나는 몸둘 바를 몰라하며 몇 번 허리를 굽신거렸다. 그리고 찾아온 용건을 말했다.

"집을 하나 찾으려고 합니다. 어려우신 줄 압니다만 좀 도와주시면 고맙겠습니다. 정말 죄송합니다."

"주소를 말씀해 보시죠."

"주소는 모릅니다. 그냥 사람 이름 하나만 알고 있습니다. 권병희라고 스물두 살쯤 되는……."

"그래 가지곤 좀처럼 찾을 수가 없습니다. 거의 불가능이죠. 내일 한번 사무실로 찾아와 보십시오."

나는 그냥 돌아서는 수밖에 없었다. 그러나 곧장 하숙집으로 들어가지는 않았다. 밤늦게까지 교선동 문패들을 읽으면서 돌아다니다가 통금 직전에야 하숙집으로 돌아왔다.

열이 펄펄 끓어오르고 심하게 호흡이 가빠지면서 자꾸만 기침이 터져 나왔다. 새벽까지 잠을 이루지 못하고 홀로 내 방에서 끙끙 앓고 있었다. 그러나 땅속 깊이에서 여린 싹 하나가 발아하듯 내 가슴속 깊이에서도 어떤 기쁨의 싹 하나가 가만히 눈을 뜨고 있었다.

이튿날 아침. 나는 동사무실에서 몇 시간이나 기다린 끝에 기어이 권병희라는 여자의 주소를 알아내었다.

교선동 산 14번지 7통 2반.

쌀가게에서 한 번, 부식가게에서 한 번, 단 두 번만 물어보고도 쉽게 그녀의 집을 찾아낼 수가 있었다. 권씨 성이 그리 흔치 않은 탓도 있었겠지만 그녀의 집 마당에 유난히 큰 오동나무 한 그루가 서 있다는 사실도 내가 그녀의 집을 쉽게 찾도록 만드는 데 중요한 역할을 해준 것 중의 하나였다.

중산층에 속하는 가정집 같았다. 오동나무는 잎이 모두 져버리고 가지만 앙상하게 뻗어 있었다. 조립식 담장 담벼락엔 "아버지 만세, 5+4=9, 참새, 태극기, 우리 집이다. 경호 자지 크다" 따위의 낙서들이 아기자기한 크레파스 글씨로 무슨 풀들처럼 번식하고 있었다.

바람은 어제보다 약간 기세를 죽이고 있기는 했지만, 그래도 여전히 도시의 하늘 위를 황사와 함께 누우렇게 몰려다니고 있었다. 봄이 오리라. 조금만 더 참고 기다리면 봄이 오리라. 그러나 먼 산에는 아직도 눈이 쌓여 있었고 땅은 딱딱하게 얼어 있었다.

나는 잠시 노란 옷을 입은 여자가 살고 있을 교선동 산 14번지 7통 2반 대문 앞을 떨리는 가슴으로 서성거리고 있었다. 나의 모든 세포들은 신선하게 재생되어지고 사춘

기의 어느 한때처럼 설렘의 물소리에 자욱하게 젖어 들고 있었다.

나는 한참 동안을 서성거리고 난 다음에야 초인종을 누를 수가 있었다.

"누구세요."

안에서 들려오는 어린애의 쨍쨍한 목소리, 곧 대문이 열리고 조그맣고 귀여운 얼굴 하나가 대문 밖으로 내밀어졌다. 그리고 내 아래위를 샅샅이 훑어보기 시작했다. 수상하다는 듯한 표정이었다.

"꼬마야, 이 집에 혹시 권병희라는 여자가 살고 있지 않니?"

나는 갑자기 대문이 닫혀버릴 것 같은 불안감으로 가슴을 죄며 조심스럽게 물어보았다.

"우리 누난데요. 아저씨는 누구시죠?"

약간 도전적인 목소리였다.

"겨울 나라에서 온 사람이야. 누나를 만나기 위해서 바람을 타고 왔지."

나는 동화적인 분위기로 아이에게 말해 주었다.

"공갈."

"공갈이 아냐."

"그럼 증거를 대보세요?"

"봐라. 아저씬 지금 계속 기침을 하고 있지 않니. 겨울 나라는 너무 춥기 때문에 모두들 감기에 걸려 있다구."

"아저씨가 살고 있는 나라엔 왕자님 같은 것도 있어요?"

"있지. 꼭 너처럼 씩씩하고 귀엽게 생긴 왕자야. 왕자는 결코 감기에 걸리는 법이 없지."

"권투도 잘해요?"

"그럼 누구든 한 방이면 나가 떨어져 버리고 말지."

"햐, 신나는데."

"축구도 잘한단다. 순전히 바나나킥으로만 골인시켜."

"근데 왜 한 번도 텔레비전에 안 나오죠?"

"겨울 나라 사람들은 텔레비전을 아주 싫어하거든."

"어, 왜 텔레비전을 싫어하지? 만화영화도 해주고 연속극도 해주고 권투 중계도 해주고 별거별거 다 해주는데."

"하지만 기침을 멈추게 해주지는 못하거든."

"병원에 가면 되잖아요. 병원에 가서 기침을 멈추게 하고 집에 와서 텔레비전을 보면 되잖아요."

"겨울 나라 사람들의 기침은 의사가 고치는 게 아니에요."

"그럼 왕자님이 고치나요?"

"아니야, 노란 옷을 입은 여자가 고쳐. 이 세상엔 단 한 명뿐이지. 그런데 꼬마야, 누난 집에 없니?"

"있어요."

"있으면 좀 불러다 주렴."

그러나 아이는 안 된다고 고개를 완강히 가로저었다. 지금 누나는 엄마에게 매를 맞고 있다는 거였다. 왜 매를 맞느냐고 물으니까 자기도 모르겠다는 거였다.

아까는 전혀 의식지 못했는데 귀를 모아 자세히 들어보니까 그런 것도 같았다. 이따금 꾸짖는 듯한 여자 목소리, 거기에 따라 낮은 여자 울음소리도 들려오고 있는 것 같았다. 그러나 여간 신경을 쓰지 않으면 들을 수 없을 정도였다.

"누나는 노란 옷을 입고 있니?"

나는 아이에게 물어보았다.

"아뇨, 까만 옷을 입고 있어요."

"노란 옷이 있기는 있지?"

"있어요. 며칠 전에 양장점에서 찾아왔어요. 하지만 그 옷은 봄에 입을 거래요."

"누나는 책을 좋아하니?"

"네, 누나 방엔 책이 많아요."

"나이는 몇 살?"

"스물두 살."

"직장에 다니냐?"

"아뇨, 대학생이에요. 어구 춰라. 아저씨, 빨리 집에 가세요. 대문 닫고 내 방에 들어갈래요."

"그래. 하지만 꼬마야, 아저씬 누날 꼭 좀 만나야 할 일이 있는데 어떻게 했으면 좋을까."

"낼부터 누난 대문 밖으로 한 발자국도 나갈 수가 없을 걸요."

"그건 또 왜지?"

"몰라요. 엄마가 아까 그랬어요."

"그럼 너라도 좀 만났으면 좋겠구나. 누나에게 편지나 전해줄 수 있도록 말이지."

이때였다.

"바로 댁이시로군요."

어느새 나타났는지 중년 부인 하나가 아이 곁으로 불쑥 나서며 대뜸 내게 그렇게 말했다. 바로 댁이시로군요.

첫눈에 아이의 어머니라는 것을 짐작해 낼 수가 있었다. 교양 있어 보이는 얼굴이었다. 그러나 무슨 이유에선지 그녀는 나를 분노에 찬 시선으로 노려보고 있었다. 당황하지 않을 수 없는 노릇이었다.

"무엇이 부족해서 또 찾아오기까지 했어요. 우리 병희를 도대체 어떻게 할 셈이에요."

나는 영문을 몰라 어리둥절한 채로 그녀의 얼굴만 물끄러미 쳐다보고 있었다. 아이는 자기 어머니와 내 눈치를 번갈아가며 살펴보다가, 넌 들어가 있어, 라는 명령을 받고 슬그머니 뒤로 빠져버렸다. 나 역시 어디로든 슬그머니 빠져버릴 수만 있다면 슬그머니 빠져버리고 싶었다.

"그 어린 게 뭘 안다고 그 모양 그 꼴로 만들어놓았어요. 그리고도 여기까지 찾아와 또 꾀어내려고 하는 걸 보면 댁은 정말 철면피예요. 가세요. 어서 가세요. 책임을 지실 필요도 없어요. 다시 병희를 만날 생각조차 하지 말아주세요."

나는 무슨 얘기든 해주어야만 될 것 같았다. 심하게 목이 말랐다.

"아무 말씀도 하지 말고 돌아가 주세요. 부탁이에요."

어느새 여인의 목소리는 애원조로 변해 있었다. 바람이 여인과 나 사이를 파도처럼 넘나들고 있었다. 그리고 그 바람은 어쩌면 여인의 마음속에서 지금 내게로 한 아름의 어떤 탄식을 던져오고 있는 것 같기도 했다. 그러나 나는 도무지 그 탄식의 내용을 이해할 수가 없었다. 무엇엔가 홀려 있다는 기분까지 들었다.

"그 애가 도대체 어떻게 키운 자식인데……."

여인은 이제 손등으로 가만히 눈물까지 찍어내고 있었다.

"세상에, 나이 든 양반이, 고우면 고운 대로 아끼고 잘 보살펴 줄 생각은 않고 그 어린것을 임신까지……."

아…….

나는 아무 말도 할 수가 없었다. 그리고 더 이상 여인의 이야기를 들으며, 거기 묵묵히 서 있을 수도 없었다.

"부인. 용서하십시오, 부인."

나는 한마디를 던지고 묵묵히 돌아섰다. 돌아서면서 여인의 머리 위에서 빙판보다 더 시린 겨울 하늘을 문득 본 것 같았다. 그리고 그 겨울 하늘에 뻗어 있는 오동나무 앙상한 어느 가지 끝에서 마른 잎 하나가 뚝 떨어져 어디론가 한없이 불려가는 것도 문득 본 것 같았다.

그러나 하늘에는 황사, 이제 겨울은 끝나가고 있었다. 오히려 하늘은 흐려 있었고 아까 보았지만 오동나무 가지에는 단 한 개의 이파리도 보이지 않았다.

나는 교선동 산 14번지 비탈진 길을 내려오면서 봄이 되어도 영영 입지 않을 노란 원피스 한 벌이 벽에 걸려 있는 광경을 연상하고 있었다. 역시 권병희라는 여자도 내가 찾던 여자는 아니었다. 나는 다시 농약병을 매만져 보았다.

비가 내리고 있었다. 이 비가 마지막 겨울비일 거였다.

나는 방 안에 드러누워 빗소리를 듣고 있었다. 내 몸이 어디론가 떠내려가고 있다는 느낌이었다. 문득 어느 시인의 시 한 줄이 생각났다.

밤이면 가문비나무 숲이 울드라
무덤풀은 우거지고 쓰러지고
반딧불 한 점 불려 가드라
먼 강물 자욱히 물 넘는 소리
모두가 빈 집이드라
다만 자정 무렵 한 사내가
절룩절룩 젖은 양말로 돌아와
램프의 심지를 죽이며 낮게 울드라.

시를 생각하니까 다시 사내의 얼굴이 떠올랐다. 함박눈 내리던 어느 날 밤 선술집에서 홀로 술을 마시고 있던 사내. 연애에 열세 번이나 실패했다던 사내. 시를 포기하고 말았다던 사내. 누이동생에게 언제나 미안하게 생각하며 살아왔다던 사내…….

　우리는 한순간만이라도 외롭지 않기 위해 입영 전야의 장정들처럼 밤늦게 창녀촌을 찾아갔었다.

　그래…… 우리는 비가 내리는 날 만나기로 했었다.

　나는 불현듯 그 사내가 보고 싶어지기 시작했다. 그것은 어떤 충동이 되어 내 가슴을 움직이기 시작했다. 사내는 이 삭막한 겨울을 어떻게 보내었을까. 그날 아침 해장국을 함께하지 못한 것을 후회스럽게 생각하면서 나는 그 선술집에서 지금 그 사내가 그때처럼 홀로 술을 마시고 있을 것인지를 한번 추리해 보았다. 어떻게 생각하면 있을 것도 같고 어떻게 생각하면 없을 것도 같았다.

　나는 한 번 더 그 사내를 만나보고 싶었다. 한 번 더 그 사내와 술을 마셔보고 싶었다. 나는 약속했었다. 비가 내리면 그 선술집에서 내가 한잔 사겠노라고.

　나는 자리에서 일어났다. 그리고 서둘러 하숙집 여편네의 방으로 들어갔다. 아이들은 잠들어 있었고 여편네는 아직 귀가하지 않은 모양이었다.

　나는 닥치는 대로 여편네의 방을 뒤적거려보기 시작했다. 경대 서랍도 뒤적거려보고 옷장 속도 뒤적거려보고 옷들 속도 뒤적거려보고…….

그러다가 드디어 나는 부엌에 엎어놓은 항아리 밑에서 한 묶음의 돈을 발견해 내었다. 곗돈일 거였다. 만약 이 돈을 모두 다 들고 나가면 나는 틀림없이 여편네로부터 고발당하고 말 거였다. 텔레비전을 훔쳤을 때도 그랬었다. 여편네가 경찰을 데리고 와서 나를 유치장에 부디 며칠간만이라도 집어넣어 달라고 말했었다.

나는 유치장이라는 소리만 들어도 가슴에 길로틴이 철컹 하는 소리로 무겁게 떨어져 내림을 의식할 정도였다. 나는 항아리 밑에다 감추어두었던 여편네의 돈 중에서 집히는 대로 조금만 뽑아내었다. 그러나 충분히 술에 취할 수는 있는 액수였다. 만약 비싼 술, 비싼 안주만 아니라면 취한 끝에 여자라도 잠깐 사볼 수가 있을 것도 같았다.

나는 우산도 쓰지 않은 채 호주머니 속에 돈을 쑤셔 넣고 선술집으로 향했다. 마지막 겨울비. 시리고 아픈 겨울비에 가슴을 적시며 나는 생각했다. 이 비만 견디고 나면 곧 봄이 온다고, 봄이 오면 모든 것 다 버리자고.

문둥이도 옷을 벗는 생금가루 봄 햇빛, 나도 차라리 문둥이나 되리라. 문둥이나 되어서 소록도로 가리라. 바다 쪽으로만 바다 쪽으로만 가슴을 열어놓고, 봄 바다의 봄 바람에 울며 취하며, 맨살 가득 매독 같은 버짐이나 꽃피우며 살리라.

　이제 거리는 녹고 있었다. 아직도 춥기는 추웠지만 그래도 물러가는 겨울의 발자국 소리를 들을 수가 있었다.

　나는 사내를 만나면 한정 없이 술을 마실 수가 있을 것 같았다. 아가리가 벌어진 구두 사이로 빗물이 새어 들어와 양말은 완전히 젖어서 질벅거렸고 발가락은 발가락대로 사금파리를 밟은 듯 시려왔다.

　그러나 내가 술집에 들어섰을 때, 사내의 모습은 보이지 않았다.

　몇 명의 남자들이 목로판을 차지하고 앉아 큰 소리로 떠들어대면서 술을 마시고 있을 뿐, 내가 원했던 분위기는 간 곳이 없었다. 그러나 나는 혹시나 싶어 목로판 하나를 차지하고 주저앉았다. 그리고 술과 안주를 시켜 혼자 마시기 시작했다.

　열 시가 넘어서까지도 사내는 나타나지 않았다. 하나 둘 손님들이 자리를 뜨고 있었다. 이제 남은 손님이라곤 나와 구석 자리에서 마시는 두 사람뿐, 술집 안은 텅 비어 있었다. 아마 그때 비가 내리면 여기서 다시 만나자고 내가 말했던 것을 건성으로 들어 넘겼는지도 모를 일이었다.

　밖에는 비가 내리고 나는 떠나지 못하리라…….

나는 사내의 말을 생각하며 홀로 소주잔을 비워나가고 있었다. 구석 자리에서 술을 마시고 있던 두 사람도 이제 그만 일어서야겠다는 듯 큰 소리로 주인 아낙을 불러 술값을 묻고 있었다.

이때였다. 한 사내가 흘러간 옛노래 한 소절을 흥얼거리며 문을 열고 들어섰다. 비 맞은 들개 같은 모습이었다.

웃고 오는 인생이냐
울고 가는 나그네냐
대장군 마루턱에
고향집이 그립구나
짓궂은 운명 속에
떠다니는 뜨내기 몸
돌부리 사나운데
눈물 속에 길은 멀다.

바로 그 사내였다. 사내는 내 쪽으로 등을 보이고 앉아 그 흘러간 옛 노래를 끝까지 다한 다음 다시 되풀이하다가 말고 갑자기 주인 아낙을 향해 이렇게 외쳤다.

"아줌마, 술!"

많이 취해 있는 것 같았다. 나는 마시다 남은 술과 안주들을 챙겨 들고 사내에게로 다가섰다.

"제 술 한 잔 받으십시오."

그러자 사내는 정신을 차리려는 듯 몇 번 머리를 세차게 흔들어 술기운을 떨어내고, 죄송하다, 괜찮습니다를 연발하다가 갑자기 나를 알아보았다는 듯 벌떡 자리에서 일어났다. 그리고 와락 나를 끌어안았다.

"선생, 정말로 오랜만임다."

사내의 몸은 빗물에 흠씬 젖어 있었다. 얼굴도 많이 수척해져 있는 것 같았다.

우리는 다시 옛날처럼 한자리에 앉아 술잔들을 주고받기 시작했다. 밖에는 비가 내리고 술집 안은 텅 비어 있는데, 우리들의 의식 깊숙이에는 외로움의 터널이 길게 뚫리고, 우리들은 함께 술잔들을 주고받으며 그 터널 속을 나란히 걸어가기 시작했다.

"선생, 제 누이동생 얘기를 하고 싶군요."

사내는 여전했다. 언제나 슬픈 목소리였다.

"하십시오. 듣고 싶습니다. 연애 중이라고 하셨지요 아마."

"지금은 아닙니다. 며칠 전에 실패했어요. 남자 쪽에서 변심한 겁니다."

"저런 죽일 놈이 있나."

"첫사랑이었는데 말입니다. 하지만 어쩔 수가 없었습니다. 제 누이동생은 불쌍하게도……."

사내는 한참 동안 입을 다물고 있었다.

"말씀하십시오."

나는 술잔을 건네며 사내에게 말했다.

"그만둡시다. 매우 슬픈 얘기니까요. 저는 그 얘길 하고 나면 울어버릴지도 모릅니다."

사내의 목소리 속에는 정말로 울음이 섞여 있었다. 우리는 다시 화제를 바꾸었다. 석유를 이야기하고 하나님을 원망했다. 꽃을 이야기하고 시인들을 사랑했다. 겨우내 사람이 얼마나 그리웠는가를 이야기하고 서로 악수들을 나누었다. 이윽고 우리는 몹시 취했다. 그리고 선술집 주인 아낙이, 시간 됐어요. 어서들 나가세요, 라고 몇 번이나 외쳤음은 두말할 여지가 없었다.

우리는 밖으로 나왔다. 우리는 비틀거리고 있었다. 여전히 비는 차디차게 목덜미를 적시고 있었다.

"밤새도록 마십시다, 우리."

나는 말했다. 창녀촌으로든 여관으로든 들어가서 내장

이 썩어 문드러질 때까지 마시고 싶었다.

우리는 비를 맞으며 골목을 빠져나가기 시작했다. 그러나 골목은 끝이 없었다. 사방은 캄캄했고 이미 우리는 몹시 취해 있었다. 어디가 어딘지 도무지 짐작조차 할 수가 없었다. 아무리 골목을 헤어나려고 애를 써보았지만 헛일이었다. 사방은 빗소리뿐, 쥐 죽은 듯 고요했다. 밤이 상당히 깊어 있는 것 같았다. 막막했다.

이제 우리는 완전히 골목 속에 갇혀버린 듯한 기분이었다. 그 어떤 거대한 힘이 골목의 끝부분을 모조리 막아버린 모양이었다. 아무리 헤매어도 큰길로 나갈 수가 없었다. 우리는 빗속에서 술 취한 채로 지쳐 있었다. 막다른 골목 담벼락 앞에서였다.

"선생, 저는 오늘 밤 자살해 버리고 말겠습니다."

사내가 담벼락에 몸을 기댄 채 내게 말했다.

"제 누이동생은 불쌍하게도……"

사내는 어느새 울고 있었다.

"제 누이동생은 불쌍하게도 다리를 절었더랬습니다. 그리고 그 이유 때문에 실연당했습니다. 놈은…… 처음엔 호기심으로 제 동생과 사귀어보았을 겁니다. 제 동생은 예뻤습니다. 그리고 시를 썼었습니다. 얼굴이 예쁘고 다리를 약간 절고 시를 쓰는 여자. 그런 여자에게 호기심을 가지는 놈들도 많이 있을 겁니다. 하지만…… 다리가 하나 짧은 사람들보다는 두 다리의 길이가 똑같은 사람들이 더 많이 살고 있는 것이 현실입니다. 제 동생은 현실에는 불편한 존재였지요. 놈은…… 더 이상 불편하고 싶지 않았던 겁니다. 하지만 제 동생에게는 그것이 크나큰 충격이었습니다. 선생, 제 동생은…… 만덕동에서, 아니 이 도시에서 아니 전 세계에서 제일 아름답던 제 누이동생은…… 죽었습니다. 자살을 했습니다."

갑자기 나는 술이 확 깨버리는 듯한 느낌을 받았다. 다리를 저는 여자, 만덕동, 연애…… 그렇다면, 생각나는 여자가 하나 있었다. 어느 날 새벽, 역 대합실에서 만났던 여자. 『황야의 별』이라는 제목의 책을 보고 있던 여자. 애인을 만나러 가는 길이라며 내게 밝은 표정으로 가벼이 손을 한 번 흔들어주던 여자. 그 여자도 다리를 절었었다.

"혹시 자주색 코트에 하얀 목도리를 하고 다니지 않았는지요."

나는 다급하게 사내에게 물어보았다.

"어떻게, 어떻게, 그걸 알고 계셨습니까."

사내가 흠칫 놀라는 시늉으로 담벼락에서 몸을 일으켜

세웠다.

나는 이 엄청난 우연 앞에서 잠시 망연히 서 있었다. 그야말로 충격적인 사실이 아닐 수 없었다.

"선생……"

이제 사내는 마음 놓고 큰 소리로 울어대기 시작했다. 비는 여전히 추적추적 땅바닥을 적시고 있었다. 나는 다시 심하게 기침이 터져 나오기 시작했다.

불현듯 죽고 싶다는 충동이 치솟았다. 나는 젖은 호주머니 속에다 손을 집어넣고 농약병을 만지작거리기 시작했다. 죽고 싶다는 충동은 더욱 심해져 가고 있었다. 아니다, 나는 사내를 죽여주고 싶었다. 사내가 나로 내가 사내로 자꾸만 뒤바뀌어져 내 의식을 혼란시키고 있었다. 나는 더 이상 죽음에 대한 충동을 참아낼 수가 없었다. 그때였다.

"거기서 뭣들하구 계쇼."

플래시를 희번덕이며 두 명의 남자가 우리 앞으로 다가왔다. 방범대원들이었다.

우리는 어쩔 수 없이 그들을 따라 비에 젖으며 비에 젖으며 파출소로 끌려가기 시작했다.

이윽고 봄이 왔다. 나는 햇빛이 박살 난 언덕 위에 앉아 있었다. 내려다보이는 도시의 머리 위로 끊임없이 아지랑이들이 피어오르고 있었다. 고요했다. 모든 시간이 정지해 있는 것 같았다. 도시는 인간 저쪽에 놓여 있었고, 다시는 그리로 돌아갈 수 없을 것 같았다.

바른편 언덕에는 복숭아꽃들이 화창한 햇빛 속에 몸살 나게 피어 있었고, 그 변두리 밭뙈기마다에는 무슨 싹들인가가 파릇파릇 연둣빛으로 돋아나고 있었다. 사방이 너무나 고요했으므로 나는 필름이 잠시 끊기어진 무성영화의 한 장면 속에 들어앉아 있는 듯한 느낌이었다.

그러나 잠시 후 필름은 다시 움직이기 시작했다. 그리고 말소리도 다시 들리기 시작했다. 한 떼의 아이들이 왁자지껄 떠들면서 언덕을 기어오르기 시작했던 것이다.

"여기서부터 시작해 보자."

그 한 떼의 아이들 중의 하나는 무슨 기계인가를 앞가슴에다 받쳐 안고 있었는데 가까이 왔을 때 확인해 보니 그 기계는 바로 고철 탐지기라는 것이었다. 이 도시는 6·25 때 격전지로 소문이 나 있었다. 그래서 그때 땅속에 파묻힌 탄피나 폭발물 따위를 캐내기 위해 그 기계를 메고 다니는 사람들을 언젠가도 몇 번 본 적이 있었다.

"한 트럭만 나와주라."

"여기보단 저기가 더 많을 것 같은데."

"새꺄, 아무 데면 어떠냐. 어차피 다 훑을 건데."

"맞았어. 우린 오늘 왕창 돈을 버는 거라구."

"얌마, 김칫국부터 마시면 부정 탄다구."

"자루가 너무 작은 건 확실해. 하나 더 가져왔어야 하는 건데."

"꺼럼. 분명히 그 자루에 다 담을 수 없을 정도로 고물이 쏟아져 나올 거야."

아이들은 저마다 한마디씩 떠들어대면서 고철 탐지기를 가진 아이 뒤를 따라가고 있었다. 그리고 고철 탐지기를 가진 아이는 기다란 막대기를 이리저리 휘저으면서 마치 지질학자나 된 것 같은 태도로 엄숙하고 심각하게 걸음을 옮겨놓고 있었다.

나는 내가 보낸 겨울의 그 견딜 수 없었던 시간들을 생각하고 있었다. 그리고 그 견딜 수 없었던 시간들이 꿈만 같다는 생각을 하고 있었다.

"와아!"

갑자기 아이들 쪽에서 환성이 터져 나왔다. 아마 무엇인가를 발견한 모양이었다. 아이들 몇이 곡괭이질을 시작하고 있었다.

나는 여전히 겨울만 생각하고 있었다. 겨울에 만난 사람들을 생각하고 겨울에 만난 사건들을 생각하고 겨울에 만난 눈과 비와 바람을 생각하고 있었다.

언덕을 이리저리 돌아다니던 아이들이 내 쪽으로 가까이 다가오고 있었다. 어느새 자루는 아랫배가 약간 불러 있었다.

"또 있다!"

내가 있는 곳에서 약 2미터 정도밖에 떨어져 있지 않은 거리에서 다시금 환성이 터져 나왔다. 그리고 아이들은 분주히 곡괭이로 땅을 파헤치기 시작했다. 신바람이 난다는 듯한 행동들이었다.

"걸렸다. 곡괭이 끝에 뭐가 걸렸어. 안 빠지는데."

갑자기 곡괭이질을 하던 아이 하나가 동작을 멈추었다.

"굉장히 큰 걸지도 몰라. 신나는데. 다 같이 한번 잡아당겨 보자구."

아이들 몇이 우루루 곡괭이 자루 하나에 달라붙었고, 영차 여엉차, 안간힘이 시작되었고, 그래도 곡괭이 자루는 빠져 나오지 않았다.

"아저씨, 좀 도와주서요."

한 아이가 나를 향해 구원을 청해 왔다. 나는 일어섰다. 곡괭이 자루를 잡고 구덩이를 들여다보니 공교롭게도 곡괭이의 한 끝은 돌 밑에 박혀 있고, 또다른 한 끝은 무슨 금속 물체인가에 박혀 있었다. 나는 아이들과 함께 곡괭이 자루를 몇 번이고 힘껏 잡아당겼다. 금속 물체가 있는 쪽의 땅이 몇 번 들썩들썩 허물어지더니 마침내 어떤 물체 하나가 끌려 나왔다.

"어? 이게 뭐지?"

"기분 나쁜데."

그것은 철모였다. 심하게 녹슨 철모였다. 그리고 그 철모 속에는 흙과 함께 시커먼 머리카락이 담겨 있었다. 섬뜩한 느낌이 들었다.

"그래도 계속 파보자구. 혹시 또 모르잖아."

"탐지기를 한번 대봐."

그러자 구덩이 속에 막대기가 드리워졌다. 그 막대기에는 전선이 연결되어져 있었다. 곧 탐지기에서 삐이이 하는 신호가 울렸다.

"와아!"

아이들은 다시 환호성을 질렀다. 그리고 역시 신바람 나게 곡괭이질을 시작했다.

덜그덕!

몇 번 곡괭이를 휘두르지도 않았는데 구덩이에서 어떤 반응이 전달되어졌다. 그리고 잠시 후 그 물체는 아이들에 의해 구덩이 밖으로 끌어내어졌다. 둥그스름한 물체였다. 흙투성이가 되어 있었다.

"흙을 털어내 봐."

한 아이가 심상찮다는 듯한 목소리로 말했다. 곧 몇 명의 아이들이 달라붙어 그 물체의 흙을 털어내었다.

"해골이다!"

한 아이가 겁먹은 목소리로 외쳤다. 일시에 아이들이 확 흩어져 물러났다.

아이들은 모두 입을 다물고 아무 말도 못하고 있었다. 갑자기 사방이 더욱 고요해지면서 햇빛만 눈부시게 밝아 보였다. 눈부신 햇빛 속에 몸살 나게 피어 있는 복숭아꽃, 파릇파릇한 연두색 풀잎, 그러나 시간은 정지해 있었다. 다시 무성영화 같은 분위기가 계속되고 있었다.

그리고 잠시 후 그 무성영화 속으로 노랑나비 한 마리가 팔랑팔랑 날아오고 있는 것이 보였다. 그 노랑나비는 아이들의 머리 위를 지나 복숭아꽃이 만발한 과수원 쪽으로 가고 있는 듯했다. 그러나 아니었다. 아이들의 머리 위를 벗어나 과수원 쪽으로 잠깐 날아갔다가 다시 방향을 되돌렸다. 그리고 아이들의 머리 위를 몇 번 왔다 갔다 하더니 낮게 내려와 날개를 팔랑거리며 날아다니기 시작했다.

죽음에도 향기가 있다고 했던가, 그 노랑나비는 이제 해골 주위를 맴돌면서 앉을 듯 말 듯 안타까운 날갯짓을 하고 있었다. 그러다가 이윽고는 해골 위에 가만히 내려앉아 조용히 날개를 접었다. 아주 선명해 보였다.

고수

　　　　　　　노름에 관심이 많은 사람
이라면 아마 '참꾼'이라는 말을 들어본 적이 있
을 것이다. 속임수를 전혀 쓰지 않는 사람을 일컬을 때
쓰는 말이다. 참꾼의 무기는 염력이다. 오직 마음의 힘만
으로 승부를 가늠하는 것이다. 그러나 아무리 속임수가
뛰어난 '야마시꾼'이라 해도 이 참꾼을 당할 재간은 없다
고 들은 적이 있다.

　우리는 기다리고 있었다. 당구장 한쪽에 준비되어 있는

임시 휴게실 소파에 앉아 기다리고 있었다. 당구장 주인의 말에 의하면, 당구장은 세금을 제대로 내지 않았다는 이유로 한 달간 영업정지 처분을 받은 상태였다. 출입문과 창문에는 각각 검은 커튼들이 드리워져 있었고 벽에 나란히 정리되어 있는 큐대와 점수판, 텅 빈 당구대, 그것들은 모두 깊은 잠에 빠져 있는 것 같았다.

우리는 현재 모두 네 명이었다. 계획대로라면 앞으로 한 명이 더 올 거였다. 우리는 어느 중개인의 비밀한 주선으로 이곳에 함께 모이게 된 사람들이었고 우리는 서로 초면이었다. 우리를 이곳에 함께 모이도록 주선했던 그 중개인이 아까 대충 한 사람, 한 사람을 소개시켜 주기는 했었지만 그건 벌써부터 엿이나 먹어라였다. 이런 일이나 하러 다니는 사람들이 딱지 덜 떨어진 시골 면서기 도청에 월말 보고하듯 곧이곧대로 자기에 관한 일들을 중개인에게 밝혀주었을 턱이 없었고, 그렇다면 아까 중개인의 소개 내용은 편의상 제멋대로 꾸며낸 것들임이 틀림없을 거였다. 우선 나 자신에 관한 소개부터가 황당하기 짝이 없는 것들이었으니까.

우리는 아까부터 서먹서먹한 상태로 그저 침묵만 지키고 있었다. 침묵이란 자타의 약점을 감추기에는 매우 편리한 도구일 것이다. 잠시 후면 우리는 서로 적이 되어 숨 막히는 암투를 벌여야 할 것이고, 그때는 저절로 입들이 벌어지게 될 것이다. 미리 얕잡힐 필요는 없다. 모두들 그렇게 생각하고 있는지도 모를 일이었다.

그러나 나는 따분했다. 나머지 한 명이 빨리 도착해 주었으면 싶었다. 손목시계를 보았다. 약속 시간은 이미 20분이나 지나 있었다. 나는 담배를 한 대 피워 물었다. 그리고 문득 의식했다. 내 왼편에 앉아 있는 여자가 자꾸만 곁눈질로 나를 흘끔거리고 있다는 사실을. 유한마담 기질이 다분히 있어 보이는 여자였다.

"담배 피우시겠습니까?"

나는 그녀에게 담배를 권해 보았다.

"담배 피울 줄 몰라요."

그러나 그녀는 화난 듯한 목소리로 담배를 사양했다. 사양하고 나서도 곁눈질로 나를 흘끔거리기를 잊지 않았다. 도무지 무슨 일로 이러는지 모를 일이었다.

"심심한데 당구나 한 게임 치실까요."

나는 앞에 앉은 사내에게 동의를 구하듯 말을 건네보았다. 턱이 유난히 긴 사내였다. 만약 이 사내가 널뛰기 대회에라도 출전하게 된다면 미처 세 번도 뛰어보지 못하고 턱이 모조리 땅바닥으로 흘러내려 버릴 것만 같았다. 나는 사내의 턱을 손바닥으로 받쳐주고 싶은 충동을 느끼며 당구나 치자는 데에 대한 대답을 기다리고 있었다. 사내는 그 긴 턱을 들썩이며 몇 번 히죽히죽 웃었다. 그리고 이렇게 대답했다.

"혼자 치쇼. 난 당구 칠 줄 몰라요."

개애새……끼. 거짓말일 거였다. 이런 일이나 하러 다니는 주제에 그 나이까지 당구를 아직 칠 줄 모르다니 아마 사내는 내가 신경전이라도 벌이려 드는 줄 알았던 모양이었다.

나는 소파에서 혼자 일어섰다. 당구장 주인은 카운터에다 머리를 박고 코를 골며 자고 있었다. 어제도 날밤을 새운 모양이었다. 나는 그에게서 당구알들을 얻어내어 초록빛 라사 위에 와르르르 쏟아놓았다. 깊이 잠들었던 당구대와 큐대, 그리고 점수판들이 한꺼번에 눈을 뜨고 잠 속에서 깨어났다. 나는 혼자 심심풀이 당구를 치기 시작했다.

내가 큐대로 당구알의 뒤통수를 찍어댈 때마다 당구알은 계산했던 코스대로 정확하게 굴러가서 맞아주곤 하였다. 나는 그것으로 오늘 벌어질 일을 점쳐보고 있었고 이만하면 충분한 행운을 잡을 수도 있으리라는 생각이 들었다. 자세히 보니 아까 내 곁에 앉아 있던 여자는 아직도 계속 곁눈질로 나를 흘끔거리고 있었다.

나는 한참 동안 당구를 치다가 그만 시들해져서 다시 창가로 걸어갔다. 걸어가서는 커튼을 걷고 창밖을 내다보았다. 바다가 보였다.

바다는 짙은 군청색이었다. 하늘이 회색으로 낮게 내려앉아 있었다. 군청색 바다가 허연 거품을 게우며 기절하고 있었다. 눈이 올 것 같았다.

"이거 보세요."

등 뒤에서 여자 음성이 들려왔다. 돌아다보았다. 내 곁에 앉아 있던 바로 그 여자였다. 여자는 다시 입을 열었다.

"댁은 형사 끄나풀이지요?"

약간 겁먹은 듯한, 그리고 경계의 빛이 역력해 보이는 얼굴이었다. 너무 긴장한 탓인지 가슴이 심하게 움직일 정도로 크게 숨을 몰아쉬고 있었다. 어이없는 일이었다.

"생사람 잡지 마쇼."

나는 한마디로 일축해 버리고는 다시 고개를 돌렸다.

"시침 떼지 말아요. 경찰서에서 본 적이 있어요."

그러나 여자는 비웃는 듯한 어투로 내게 말했다. 피해망상증이라도 있는 모양이었다.

"맘대로 생각하쇼."

나는 귀찮은 듯 창밖만 내다보고 있었다. 한참 후 무슨 생각을 했는지 여자도 조심스럽게 내 곁으로 와서 창밖을 내다보기 시작했다. 무언지 불안한 기색만은 감추지 못하고 있었다.

"경찰서에서가 아니라면 또 어디서 보았을까……."

여자는 혼잣소리로 중얼거렸다. 그러다가 느닷없이 이렇게 물었다.

"뱀 고기 좋아하세요?"

참으로 엉뚱한 질문이 아닐 수가 없었다.

"뱀 고기라뇨?"

"뱀 말이에요. 정력에 좋다는."

"네, 더러 먹어본 적이 있습니다만."

"맞군요. 경찰서에서가 아니라 거기서 봤을 거예요. 우리 옆집이 바로 뱀을 파는 집이었어요. 불로원 집 아시죠."

"아, 저도 부인을 한 번 본 기억이 납니다. 그런데 부인께선 왜 거길 드나드셨던가요. 곗돈 때문이었나요?"

나는 아무렇게나 대답해 버렸다.

"아니에요. 난 그저 우리 가게 앞에 의자를 내다 놓고 앉아 거기 드나드는 남자들을 유심히 보아왔을 뿐이에요."

여자는 비로소 약간 안심이 된다는 표정이었다. 불로원집? 금시초문이었다.

멀리 해안선을 따라 검고 기다란 뱀 한 마리가 느릿느릿 이 도시를 향해 기어들어 오고 있는 것이 보였다. 16시 10분에 도착한다는 완행열차인 모양이었다.

"참 아니꼬워서 못 보겠어요."

여자가 다시 입을 열었다.

"누구 말입니까."

"저 여자 말이에요."

여자는 소리를 낮춰 말해놓고는 흘깃 뒤를 한 번 눈으로 가리켰다. 소파에 앉아 있는 우리들 넷 중 또다른 한 명의 여자를 보고 하는 소리인 모양이었다.

"이런 데나 나돌아다니는 주제에 거만하기는."

혼잣소리 끝에 여자는 칫, 하고 비웃었다.

우리들 넷 중 또다른 한 명의 여자는 사실 약간 거만해 보이는 데가 있기는 있었다. 그녀는 전형적인 고급 관리의 본부인처럼 보이는 여자였다. 그 여자는 시종일관 입을 다문 채 오히려 우리를 깔보고 있는 듯한 눈초리를 이따금 보내오곤 했었다. 게다가 제법 근엄한 표정까지 짓곤 했었다. 그것은 정말 웃기는 노릇이었다. 여자의 근엄한 표정이란 집에서 자식을 타이를 때나 겨우 어울려 보이는 장신구지, 밖에 나오면 쥐뿔도 아닌 것이 되어버린다는 사실을 그 여자는 모르고 있는 모양이었다.

아마도 그 여자의 근엄한 표정은 무슨 기념행사 따위에 자주 참석해서 근엄한 표정 하나로 의자를 지키다 돌아오는, 그 여자의 남편인 고급 관리에게서 모방한 것일 터였다. 하지만 우리들 중의 그 누구도 지금 다른 사람을 헐뜯을 만한 처지가 못 되는 셈이었다. 왜냐하면 우리는 피차 똑같은 목적으로 피차 세상 눈을 피해서 이곳에 모인 사람들이므로.

"뱀 고기를 잡수시고 나서 정말 정력이 좋아지셨나요?"

여자는 이제 화제를 바꾸고 있었다.

"호호호……"

나는 그냥 그렇게 웃어주었다. 말해놓고 나서 여자는 약간 무안한 표정이 되어 있었다.

열차는 이제 두어 번 길게 동물적인 괴성을 발한 다음 도시의 사타구니 속에다 대가리를 쑤셔 박고 있었다. 꼬리가 다 먹혀들어 간 다음에도 잠시 열차의 헐떡거리는 소리는 계속되었다. 나는 소파로 다시 돌아왔다. 여자는 여전히 창가에 남아 있었다.

"어머나, 눈이 와요!"

그리고 잠시 후 그렇게 탄성을 발했다. 전형적인 고급 관리의 본부인같이 생긴 여자는 못마땅한 눈초리로 그쪽을 한 번 돌아보고는 경멸하는 투로 이렇게 말했다.

"여자가 왜 저렇게 천박하게 구는지 모르겠네 참."

잠시 후 중개인이 다시 당구장에 나타났다. 그리고 우리가 기다리던 나머지 한 명이 조금 전에 도착한 열차 편으로 이 도시 안에 발을 들여놓았다는 소식을 전했다.

전화를 받았다는 거였다.

"그런데 왜 여태 안 나타나는 거요."

턱이 긴 사내가 불만 섞인 목소리로 말했다.

"아마 오징어를 사러 돌아다니고 있을 겁니다."

"오징어라니, 무슨 뜻이오?"

"저도 잘 모르겠습니다. 전화로 그렇게 말했어요. 오징어를 좋은 놈으로 꼭 몇 축 사야 하겠으니 이왕 기다리시던 김에 조금만 더 기다려달라고 말입니다."

"기가 막혀!"

그러나 중개인은 습관화된 유들유들함을 올리브처럼 전신에 번들번들하게 처바르고는 우리를 쉴 새 없이 구슬리기 시작했다. 판이 깨져버리면 곤란한 것이다.

내가 보기엔 중개인과 당구장 주인, 그리고 턱이 긴 사내는 한 패거리임이 분명했다.

두 명의 여자는 솜씨가 그리 놀라운 편은 아닐 것 같았다. 그저 아마추어로서는 제법 뛰어난 편이라고나 할까, 이런 곳에까지 덤벼들 만큼 밝은 눈의 소유자들은 아닌 것 같았다. 계획적으로 던져주는 미끼를 받아먹고 덫 속에 철없이 한 발을 집어넣고 있는 여자들, 그녀들은 오늘 저 턱이 긴 사내에게 모조리 돈을 빨려버리게 되도록 계획되어 있을 거였다. 턱이 긴 사내는 여자들보다는 한결 담요때가 손등에 반들거리는 편이었다.

화투.

그것을 하러 오늘 우리는 이곳에 모인 것이다. 여자들은 중개인이 붙여주는 사람들에게서 심심찮게 재미를 보았겠지만 그건 어디까지나 미끼였을 것이다. 게임은 오늘부터다. 따도 잃어도 꼭 한 번만 더 손을 대보고 싶어지는 게 화투다. 이제 여자들은 볼장 다 본 셈인 것이다.

그러나 턱이 긴 사내여, 중개인이여, 그리고 당구장 주인이여, 당신들은 오늘에야 비로소 임자를 바로 만났다. 당신들은 모를 것이다. 내가 얼마나 기막힌 손재주를 가지고 있는가를. 조선 팔도 화투판을 다 돌아다녀 보아도 내 속임수를 눈치 채는 사람은 단 한 사람도 없었다. 바둑은 집내기할 때, 화투는 문지방 넘을 때 안색을 보면 대번에 자초지종을 알게 된다던가.

화투장에 미쳐서 쓸어박을 건 모조리 쓸어박고 나서야 나도 겨우 터득했다. 직감과 눈치와 속임수를. 다만 나머지 한 명에 대해서만 나는 아직 확신을 못 가지고 있었다. 화투를 하러 와서 오징어를 찾아 헤매다니, 무슨 꿍꿍이속이 있는 것일까.

꾼들은 대개 터부들을 가지고 있었다. 여자의 음모를 귓속에다 한 오라기 감추어놓고 화투를 하면 반드시 따게 된다든가, 발등에다 오줌을 누게 되는 실수를 저지른 다음날은 반드시 잃게 된다든가, 여자에겐 약하고 남자에겐 강하다든가 등등. 우리가 기다리는 나머지 한 명도 오징어와 관계된 터부 하나를 가지고 있는 것이나 아닌지.

노크 소리가 들리고 있었다.

똑똑똑똑. 똑똑. 똑똑. 똑똑. 똑. 똑.

약속되어진 신호였다. 당구장 주인이 벌떡 일어나 문 쪽으로 가고 있었다. 드디어 나머지 한 명이 도착한 것이다.

우리는 일제히 호기심에 찬 눈초리로 문 쪽을 바라보고 있었다.

가방을 들고 청년 하나가 들어섰다. 머리와 어깨에 눈이 하얗게 얹혀 있었다. 제법 많은 눈이 내리고 있는 모양이었다.

　"죄송합니다."

　청년은 정중하게 허리를 굽히며 늦었음을 우리에게 사과했다.

　"예상외로 열차가 늦게 도착한 데다가 볼일이 좀 겹쳐서……."

　라고 청년은 덧붙이고 있었다. 청년 곁에는 꼬마가 하나 딸려 있었다. 국민학교 4학년쯤 되어 보이는 계집애였다. 한마디로 지독하게 못생긴 용모를 가진 계집애였다. 그애의 머리카락은 성질 나쁜 식모 애가 함부로 냄비 바닥을 문질러대다가 아무렇게나 팽개쳐버린 수세미처럼 너저분하게 헝클어져 있었다. 땟국물이 졸아붙은 얼굴, 들창코에다 주근깨에다 너부죽한 입에다—못난이 3형제라는 인형들 중에서 가운데 인형과 흡사해 보였다.

　"여긴 뭣하러 왔니, 꼬마야. 집에서 애들하고 눈쌈이나 하며 놀잖구."

　당구장 주인이 그애의 헝클어진 머리카락을 쓰다듬어주며 말했다.

"화투를 치러 왔어요."

계집애는 갈라지는 목소리로 말했다. 계집애답지 않게 건조하고 탁한 목소리였다. 그애는 게걸스럽게 오징어 다리를 물어뜯고 있었는데 청년의 또 한 손에는 큼지막한 오징어 꾸러미가 들려 있었다. 오징어에 대한 터부를 가지고 있을지도 모른다는 내 짐작을 나는 여기서 일단 틀린 것으로 간주해 두는 수밖에 없었다.

청년의 용모는 계집애와는 완전히 대조적이었다. 해맑고 귀티 나는 얼굴, 짜임새 있는 자세, 단정한 옷차림, 그러나 약간 차가운 인상을 주고 있었다.

나는 청년을 찬찬히 훑어보며 약간 안심을 하고 있었다. 팔씨름이 도사인 사람들이 상대편의 손목을 한번 잡아보는 것으로도 이미 이길 수 있는 상대인지 아닌지를 대번에 알아낼 수 있듯이, 나는 그 청년에게서 풍겨오는 분위기 하나로써도 그 청년이 어느 정도의 꾼인지를 짐작할 수 있을 만큼은 닳고 닳아 있었던 것이다.

"빨리 시작합시다들."

턱이 긴 사내가 서두르고 있었다. 우리는 각자 중개인에게 약정한 금액을 떼주었다.

"고맙슴다. 재미 많이들 보쇼."

중개인은 유들유들하게 인사를 치르고 나가버렸다. 그러자 당구장 주인이 다시 우리에게 다가와 손바닥을 내밀었다. 비밀 도박장은 이 당구장 바로 밑 지하실에 있는데 지금 자기에겐 지하실 문을 열 열쇠가 없다는 거였다.

　　"그럼 누구한테 있습니까."

　　청년이 물었다.

　　"건물 주인한테 있어요. 임대료를 먼저 줘야만 열쇠를 내줍니다."

　　"얼맙니까?"

　　"일인당 삼만 원씩입니다."

　　우리들은 각자 돈가방을 열었고 당구장 주인은 건물 주인에게 전화를 걸기 시작했다.

　　오징어를 계속해서 게걸스럽게 물어뜯고 있던 꼬마가 청년에게 말했다.

　　"여긴 현찰 박치기로 하나 봐, 삼촌."

　　청년은 왜 저런 꼬마를 이런 데까지 데리고 다니는지 모를 일이었다.

　　건물 주인이 열쇠를 가지고 올 때까지 청년은 아까 내가 치던 당구대에서 말없이 당구를 치고 있었다.

　　좋은 자세다…….

처음 나는 그렇게만 생각했었다. 그러나 차츰 치는 횟수가 거듭됨에 따라 나는 조금씩 긴장하기 시작했다. 자세를 가지고 따질 문제가 아니었기 때문이다.

딱!

시종일관 청년이 큐대로 공을 찌르는 동작은 가볍고 상쾌했다. 그러나 그때마다 공이 움직이는 속도와 방향은 판이했다. 마치 가위로 반듯하게 오려다 놓은 초록 풀밭같이 산뜻한 라사 위에서 희고 빨간 공들은 뇌를 가진 생명체들처럼 움직이고 있었다. 그것들은 완전히 청년이 마음속으로 내리는 명령에 따라 멈칫 섰다가 다시 앞으로 굴러가기도 하고 다른 공을 멀리 밀어내고는 재빨리 뒤로 빨려들기도 하는 것 같았다. 확 흩어져 버리는가 하면 다시 고스란히 한자리에 모이고. 도저히 맞을 가망성이 없는가 하면 또 귀신이 곡할 노릇으로 급격한 포물선을 그으며 날아가 맞아주곤 하는 거였다. 별로 힘도 들이지 않고 그저 장난삼아 청년은 그런 묘기를 풀어놓고 있었다. 나는 그에게로 다가섰다.

"이것 한 번 쳐보시겠습니까?"

언젠가 친구 녀석이 사람의 힘으로는 도저히 쳐낼 수 없을 거라던 모양이 생각나서였다.

"글쎄요. 어디 한번 놓아보시죠."

청년이 흥미 있는 눈을 하고 내게 말했다.

나는 우선 흰 당구알 하나를 쿠션에 갖다 붙였다. 그리고 빨간 당구알 두 개를 그 흰 당구알에다 마저 갖다 붙인 다음 흰 당구알이 옆으로도 앞으로도 빠져나갈 수 없도록 배치했다. 뒤는 쿠션에 막혀 있었다. 속칭 쿠션 쌍떡이었다.

"쳐볼까요?"

그러나 청년은 말하면서 빙긋 웃었다. 갑자기 벽에 붙어 있는 점수판이며 큐대들이 숨을 딱 멈추고 청년을 바라보기 시작했다.

청년은 큐대를 천천히 수직으로 곧게 세웠다. 일순 세상의 모든 시계도 딱 움직임을 멈춰버리는 것 같았다.

팍!

큐대가 무서운 빠르기로 내리꽂혔다. 그러자 놀랍게도 하얀 공은 당구대 난간 위로 사뿐히 올라섰다. 그리고 급격히 회전하며 잠깐 난간 위에 멎어 있더니 스르르 굴러내려가 두 개의 빨간 공을 흩뜨려놓았다. 입이 다물어지지 않을 노릇이었다.

"속임숩니다."

잠시 후 청년이 웃으면서 말했다. 나로서는 왜 그게 속임수인지조차도 모를 노릇이었다.

"실례지만 얼마 치십니까?"

"보시고 판단하세요. 스리쿠션입니다. 자, 칩니다."

처음으로 빠르고 세차게 청년은 큐대로 하얀 공 하나를 튕겨 보냈다. 그러자 그 하얀 공은 쏜살같이 쿠션을 먼저 한 번 치고 나가서는 빨간 공 하나를 매끄럽게 스치더니 다시 쿠션을 두 번 탄력 있게 박찬 다음 다른 빨간 공의 어깨를 가볍게 짚고 나서 무서운 속도로 청년을 향해 굴러오기 시작했다. 청년은 그 공을 향해 민첩하고 정확한 동작으로 큐대를 일직선이 되게 비스듬히 갖다 댔다. 그러자 더욱 놀랍게도 그 공이 큐대를 타고 두르르 굴러왔다. 나는 완전히 귀신에 홀린 듯한 기분으로 멍청히 그 자리에 서 있을 수밖에는 없었다. 청년은 공을 가볍게 위로 던졌다가 받으면서 내게 이렇게 말했다.

"별것도 못 됩니다. 내 위로 고수들이 얼마든지 많이 있으니까요."

건물 주인에게 임대료를 지불하고 여럿이서 지하실 계단을 내려오면서 나는 완전히 기가 팍 죽어 있었다.

그러나 화투는 별 볼일 없는 실력일 것임이 틀림없다. 아직 내 직감은 살아 있다. 그리고 내 솜씨도 녹슬지는 않았다. 녹슬기는커녕 스스로 놀라움을 금치 못할 정도로까지 무르익어 있다. 당구를 잘 친다고 해서 화투까지 잘 친다는 법칙은 없다. 인정사정없이 긁어버리는 것이다. 안면몰수, 끗발 유지, 개평 사절, 화투의 3대 원칙대로 새벽까지 줄기차게 밀어붙이는 것이다.

나는 스스로를 그렇게 격려해 주고 있었다.

"정말입니다. 노름꾼은 저 애지 제가 아닙니다."

오징어를 게걸스럽게 물어뜯고 있는 계집애를 가리키며 청년이 거듭거듭 그렇게 말했다. 정말 어이없는 노릇이었다.

"장난인 줄 아쇼?"

턱이 긴 사내가 화난 듯한 목소리로 청년에게 말했다.

"장난이라뇨. 저 애에게 돈을 딸 수만 있다면 한번 따보십시오. 저 앤 저래 봬도 화투엔 귀신입니다."

턱이 긴 사내는 화투를 뒤적거려 다섯 장을 맞추고는 계집애에게 펼쳐 보였다.

"꼬마야, 이게 몇 끗이냐."

계집애가 재빨리 대답했다.

"콩콩팔 짓구, 덜비!"

"그럼 이건 몇 끗이냐."

"알삼육에 일곱 끗!"

"그럼…… 이건."

"못 져요."

"그럼……."

사내는 국화꽃 두 장과 매화꽃 두 장, 그리고 목단꽃 한 장을 펼쳐 보였다. 계집애는 히죽 한 번 웃었다.

"누가 구구니로 지을 줄 알구. 구구니로 지으면 덜비밖엔 안 돼. 니니육 짓고 구땡이지!"

"좋시다."

사내가 청년에게 말했다.

"좋시다. 우린 어차피 돈을 따러 온 사람들이니까. 누구한테 따든 상관없시다."

사내는 그 기다란 턱을 들썩거리며 혼자서 일방적으로 그 못난이 3형제 인형 중 가운데 애와의 도리짓고땡을 결정해 버리고 말았다. 처음부터 뭔가 잘못되어 간다 싶더니 별 희한한 노름판을 다 벌여보게 된 셈이었다.

"그럼, 시작해요."

우리는 노잡이를 정하기 위해 뒤집어서 흩뜨려놓은 화투 중에서 각각 한 장씩을 집어들었고, 첫 노잡이는 내게 뱀 고기를 좋아하느냐고 물었던 여자로 결정되어졌다.

이제부터 완전히 다른 세상이 전개되는 것이다. 나이도 무시되고 신분도 무시되고 근엄한 표정도 무시되고 긴 턱도 무시되고 무시될 수 있는 것은 모조리 무시되고 다만 무시되지 않는 것은 끗발과 돈뿐이다. 지하실 밖에 있는 도덕과 법률은 이제 개떡도 못 되는 것이다. 담배 한 갑에 무조건 2천 원, 커피 한 잔에 무조건 1천 5백 원, 통닭 한 마리에 무조건 2만 원으로 대폭 인상된다. 배짱 좋은 놈은 맨몸일지도 모르지만 품속에 나이프 하나쯤은 모두 간직하고 있으리라.

인생은 도박이라는 말이 있다. 그러나 그건 멋있는 말이기는 하지만 진리는 아니다. 도박을 할 때만큼 뼛속까지 녹아들 정도로 진지하게 인생을 살아본 사람은 이 세상에 그 아무도 없을 것이기 때문이다. 드디어 패가 돌기 시작했고 사람들의 눈동자가 음흉하고 교활한 빛을 띠며 움직이기 시작했다.

초저녁부터 턱이 긴 사내가 돈줄을 팽팽하게 당겨대기 시작했고 그의 무릎 앞에는 상당한 액수의 돈이 쌓여 있었다. 그동안 노는 내게로 와 있었다. 그러나 아직 속임수를 쓸 때가 아니라고 나는 판단했으므로 정직하게 노잡이를 해주고 있었다. 잃은 건 나와 고급 관리의 본부인같이 생긴 여자였고 나머지는 그저 본전치기 정도였다.

고급 관리의 본부인 같은 여자는 간만 컸지 눈치가 좀 모자라는 편이었다. 그러나 또다른 한 여자는 눈치가 아주 재빨라서 패가 좋지 않거나 끗발이 남에게 계속적으로 고개를 들기 시작할 때는 슬그머니 손을 빼곤 했다. 그리고 못난이 3형제 중의 한 애는 오징어로 완전히 배를 채우고 나서 화투를 하겠다는 셈인지 침까지 흘려대면서 오징어를 물어뜯는 데만 열중해 있었다.

끗발이 불로원 집 옆에 산다는 여자에게로 넘어가기 시작하면서 노도 내 손을 벗어났다.

당구장 주인은 장사에 열중해서 이것 좀 드시면서 하십시오, 저것 좀 드시면서 하십시오를 간헐적으로 연발했고 청년은 벽에 가만히 기대앉아 말없이 나이프로 손톱을 다듬는 데 열중해 있었다.

밤중이 되면서부터 판은 점차로 열기를 더해 갔다. 실내에는 팽팽한 긴장감이 감돌고 있었고 보이지 않는 화투의 칼날들이 여기저기서 번뜩이고 있었다. 턱이 긴 사내는 따놓았던 돈을 조금씩 잃어가고 있었다. 새벽이 되기를 기다리면서 스테미너를 조절하고 있는 것일 터였다.

불로원 집 옆에 산다는 여자는 제법 수북하게 돈을 쌓아놓고 있었고 연방 좋아서 입을 벙싯거리고 있었다.

"난 정말로 어젯밤에 돼지꿈을 꿨었어요. 내 이럴 줄 알았다니까요. 어마 또 죽어요, 죽어. 보세요, 갑오잖아요. 밋치겠네."

그녀는 완전히 이성을 잃은 듯한 모습이었다.

"우리 중에 기자나 형사 끄나풀은 없겠지요?"

가끔 그런 소리로 불안의 뜻을 나타내 보이기도 했다.

고급 관리의 본부인처럼 생긴 여자는 여전히 근엄한 표정으로 그러나 이따금 절망적인 그늘이 이마에 드리워지기도 하면서 배짱 좋게 듬뿍듬뿍 돈을 걸고 있었다. 따도 왕창 따고 잃어도 왕창 잃겠다는 속셈 같았다.

자정이 조금 지나서 다시 노가 내 손에 잡혔다. 나는 놋돈을 듬뿍 얹었다. 그리고 마침내 속임수를 쓰기 시작했다. 물론 매번 속임수로만 패를 돌릴 수는 없는 노릇이어서 두 번의 속임수에 한 번의 정직한 화투로 패를 돌리기 시작한 것이다.

만약 슬로비디오로 내 손의 움직임을 보게 된다면 아마도 사람들은 이렇게 생각할 것이다. 뼈가 없구나!

그만큼 나는 손에 대해서 자신이 있었다. 나는 조금씩 돈을 긁어오기 시작했다. 한 번 잃어주고 두 번 긁어오는 장사인 것이다. 손해 볼 턱이 없는 것이다.

높은 끗수를 주고 트게 만들어 먹고 낮은 끗수를 주고 갑빠, 덜비, 질곱으로 잡아오면 된다. 계속해서 반 시간 정도만 노를 잡고 있으면 지금 놓아둔 놋돈의 네 배는 쉽게 채워질 것이고 노는 다음 사람에게로 넘어가게 된다. 그러고도 한두 번 정도의 노잡이 기회는 올 것이다. 그때는 끝장이다. 완전히 바닥을 긁어버리는 것이다.

화투가 겨울에 성행하는 이유는 무엇인가. 겨울은 밤이 길기 때문이다.

이제 실내는 담배 연기로 가득 차 있었고 여기저기 버려져 있는 꽁초, 닭 뼈들, 음료수 병들도 어지럽기 짝이 없었다. 교양 따위는 이미 없어진 지 오래였다. 소변이 마려우면 여자들은 옆에 있는 음료수 병을 집어다가 치마 밑으로 가져가곤 했다.

어디서 들었는지 내 앞에 앉아 있는 불로원 집 옆집 여자는 내 끗발을 죽이기 위해 아슬아슬하게 허벅지를 걷어 붙이기 시작했다.

스팀 파이프 꼭지가 그녀의 허벅지를 곁눈질하며 치익

칙 소리와 함께 침을 흘리고 있었다.

　30분이 조금 지나서 나는 예상대로 놋돈의 네 배를 채우고 다른 사람 손에 노를 옮겨놓았다. 다시 팽팽한 긴장감 속에서 엎치락뒤치락이 계속되었다. 계집애의 손을 떠나서 턱이 긴 사내의 손으로, 턱이 긴 사내의 손을 떠나서 고급 관리의 본부인 같은 여자의 손으로, 고급 관리의 본부인 같은 여자의 손을 떠나서 노는 다시금 내게로 왔다.

　기회다!

　나는 이제 지금까지 수련해 온 모든 기술을 총동원해서 화투를 버무리기 시작했다. 떡이 되든 고물이 되든 그건 내 마음 하나에 달려 있었다. 이미 화투는 내 손과 합일되어 있는 상태였다. 물론 자기만이 아는 표시를 화투 뒷면에다 해둘 것을 염려하여 화툿목을 자주 갈아치우기는 했었지만 이미 내겐 그 아무 화투로건 자신이 있었다. 화투 뒷면에 표시를 해두는 따위의 속임수는 하수들이나 쓰는 수였고, 나는 주로 섞어 치면서 내 뜻대로 화투를 주무르고 상대편 패에 화투를 빼던지면서 적당히 끗수를 조합하고 있었다.

　나는 몇 번 실수 없이 돈 무더기를 긁어왔다. 그러나 그것이 오래가지는 않았다. 내가 마악 속임수가 들어 있는 화투패를 돌리려고 했을 때 계집애가 날카롭게 소리쳤던 것이다.

"이젠 야마시 고만 쳐요."

그 갈라지는 목소리와 함께 무엇인가 내 눈썹 언저리를 반짝하고 스치며 내리꽂히는 물체, 나이프였다.

팍! 팍!

나이프는 이어 두 개가 더 날아와 정확하게 내 바짓가랑이를 양쪽 다 방바닥에 묶어놓았다.

청년이었다.

"조심해. 개자식!"

그의 손에는 아직도 몇 개의 나이프가 번뜩번뜩 빛나고 있었다. 나는 식은땀을 흘리며 다시 정직하게 화투패를 돌리지 않을 수 없었다. 이제 새벽이 가까와져 오고 있었다.

비로소 계집애가 활기를 띠고 있었다.

"좀 덤벙대지 말고 해, 이 예펜네야. 이걸로 어떻게 쳐? 새, 오, 장, 한 끗 모자라잖아!"

턱이 긴 사내가 폭발해 버릴 것 같은 얼굴로 고급 관리의 본부인같이 생긴 여자에게 소리질렀다.

"저 씨팔 놈이 어따 대구 욕질이야, 욕질이!"

이제 못난이 3형제 중의 한 애를 닮은 것 같은 계집애를 제외하고는 모두 그런 식이 되어 있었다. 엄청난 욕지거리들이 튀어나왔고 별의별 비굴한 방법들이 행해졌다. 그러나 그 어떤 비굴한 방법도 계집애에게만은 통하지 않았다. 지을 수 없는 걸 지었다고 속이거나 재빨리 화투장을 옆 사람과 바꿀 때마다 계집애는 영악스럽게 상대편의 손등을 할퀴어버렸고, 급기야는 모두들 식은땀만 빠직빠직 흘리면서 속수무책으로 돈을 잃어가고 있었다. 계집애는 히죽히죽 웃으면서 돈을 따고 있었다.

"쌈에 갔어. 백!"

자신만만하게 계집애는 돈을 찔러 넣었고 언제나 그것은 적중했다. 노를 잡건 안 잡건 계집애는 따기만 했다. 계집애는 잠시 방바닥에 깔린 석 장의 화투를 물끄러미 내려다보곤 했었는데 이상하게도 그 눈은 회색으로 흐리멍덩해져 갔고, 그러다가 찰나적으로 한 번 반짝 빛나고는 다시 흐려졌었다. 그리고 그 다음 돈을 찌르는 것이다.

"뻥에 갔어. 천!"

마침내 사람들은 귀기를 느끼기 시작하고 있는 것 같았다. 얼굴이 뻣뻣하게 굳어져 있는 건 실내가 추워서가 아니었다. 화투를 집으러 가는 손들이 부들부들 떨리고 있었다. 저건 귀신이다!

모두들 그렇게 생각하고 있는 것 같았다. 계집애는 히죽히죽 웃으면서 어른들의 표정을 재미있다는 듯 살펴보고 있었다. 내 앞에 치마를 걷어붙이고 화투를 하던 불로원 집 옆집 여자가 이상하게 표정이 일그러지더니 갑자기 떠나갈 듯한 통곡을 터뜨렸다.

나는 여기서 미리 손을 빼기로 작정해 버렸다. 그래도 본전에서 10분의 1은 건진 셈이었다. 더 견뎌봐야 결과는 뻔할 뻔 자였다.

"다 빨렸시다, 망할."

나는 손바닥을 탁탁 털면서 자리에서 일어섰다. 그때였다.

"이 웬수 같은 놈!"

고급 관리의 본부인같이 생긴 여자가 갑자기 턱이 긴 사내에게로 달려들었다. 그리고 사내의 머리카락을 두 손으로 움켜잡고는 고래고래 악을 쓰기 시작했다. 모두들 제정신이 아닌 것 같았다.

"네놈 때문에, 내 돈 다 잃었다. 이놈아. 천만 원! 천만 원 내놔! 이놈아, 그 돈이 어떤 돈인 줄 알고, 그 돈이!"

머리카락을 움켜잡힌 사내는 사정없이 여자의 배를 발길로 걷어차고 있었으나 여자는 찰거머리같이 달라붙어 떨어지지 않고 있었다.

"내 남편이 불같이 뜨거운 중동 땅에서 피땀 흘려 모아 보낸 돈이다. 이놈아! 이 웬수 같은 놈아! 네놈한테 몸 바치고 돈 바치고 다 바쳤어, 이번엔 모조리 긁어서 반타작 하자더니 이놈 손 좀 벌려봐라, 얼마나 땄니!"

"미쳤나, 이년이!"

사내는 다시 있는 힘을 다해서 여자의 가슴팍을 걷어찼다. 퍽 하는 소리와 함께 여자는 눈을 까뒤집고 기절해 버렸다.

날이 훤하게 밝아올 시간이었다. 먼저 울음을 터뜨리고 나자빠졌던 여자는 가슴팍과 머리카락을 쥐어뜯으며 짐승 같은 모습으로 몸부림치고 있었다.

"마저 합시다."

사내가 비굴한 웃음을 보이며 계집애 앞으로 어기적거리며 걸어가 앉았다.

"판은 다 끝났어!"

청년이 싸늘한 어투로 말했다. 청년은 어느새 바닥에 깔려 있던 돈 무더기들을 모조리 가방 속에 쓸어 넣고 있었다.

"새파랗게 젊은 놈이 겁도 없구나. 이 도시는 내 터야."

사내는 천천히 일어섰다. 당구장 주인이 쇠파이프를 꺼내 들고 어느새 사내에게 합세했다.

"좋지."

청년은 빙긋 웃었다. 그러나 그 웃음은 뱀처럼 싸늘했다.

휙, 파이프가 날았다.

그러나 청년의 몸은 새처럼 가벼워 보였다. 두 명의 공격을 재빠르게 피하면서 돈 가방과 계집애를 끼고 지하실 계단을 오르고 있었다. 그러나 지하실 문은 채워져 있었다. 그것을 확인했는지 비로소 청년은 나이프를 재빨리 꺼내 들었다.

휙. 휙.

그것들은 날카로운 빛살이 되어 그들의 팔과 다리에 날아가 꽂혔다. 청년이 당구장 주인에게 소리쳤다.

"어이, 이젠 그만하자구. 얜 돈에 욕심이 나서 노름판엘 돌아다니는 게 아니라 어른들이 돈을 잃고 비굴해지는 꼴을 보고 싶어서 노름판엘 돌아다니는 애야. 얘하고 난 둘 다 피도 눈물도 없다구."

청년 곁에서 계집애는 여전히 오징어 다리를 우물거리며 함께 소리치고 있었다.

"덤벼 덤벼, 야 새꺄, 덤벼보란 말야!"

눈이 내리고 있었다. 세상은 눈에 덮여 완전히 다른 풍경으로 변해 있었다. 나는 역에서 기차를 기다리고 있었다.

실성한 듯한 모습으로 한 여자가 내 곁으로 다가와 잠결의 목소리처럼 횡설수설 이야기를 시작했다.

"사장님, 불로원 집 옆집 아시지요. 갚아드리겠어요. 제 몸을 바칠게요. 차 좀……."

"부인, 저는 불로원 집이 어느 도시에 있는지조차도 모릅니다. 아깐 거짓말을 했던 거예요."

"제 몸을 바칠게요. 사장님, 불로원 집 옆집……."

나는 갑자기 노름꾼 특유의 피가 전신에 엄습해 옴을 의식했다. 나는 비정해지고 싶었다.

"내 차비도 없시다."

나는 여자를 떨쳐버리고 방금 개찰이 시작된 개찰구를 향해 천천히 걸음을 옮겨놓았다.

剝製

　　　　나는 조금 전 나흘 전에
죽은 친구 녀석이 내게 보낸 카키색 사각봉투
의 등기 우편물 하나를 받았었다.

　밖에는 추적추적 비가 내리고 있었다. 나는 빗소리를
들으며 졸음에 잠겨들고 있었다. 낙진 같은 잠의 분말들
이 자욱하게 내 눈꺼풀 위로 내리덮이고 삭신이 온통 혼
곤하게 빗소리에 녹아나서 끝도 없는 심연 속으로 깊이깊
이 가라앉고 있는 듯한 느낌이었다. 그때였다. 밖에서 문
득 이런 소리가 들려온 것 같았다.

"김제혁 씨."

"김제혁 씨, 등기 왔습니다."

그러나 나는 전혀 그 소리에 신경을 쓰지 않고 있었다. 그저 옆집이겠거니 정도로만 생각했었다. 김제혁이라는 이름이 나와는 아주 무관한 것 같은 느낌이었다.

"김제혁 씨."

"김제혁 씨, 등기 왔습니다."

다시 몇 번 더 그런 소리가 들려왔다. 그리고 이어 양철 대문을 두드리는 소리. 갑자기 졸음이 철겅철겅 깨어져 달아나고 있었다. 나는 그제야 문득 정신을 차리게 되었다. 그리고 비로소 그것이 나를 찾고 있는 소리라는 것을 깨닫게 되었다. 왠지 가슴이 철렁 내려앉는 듯한 느낌을 받았다. 나는 황급히 일어나 방문을 열었다.

우의 차림을 한 집배원이 대문 앞에 서서 집안을 기웃거리고 있는 모습이 보였다. 이렇게 비가 내리는데도 소식은 전해지는 모양이었다.

"성은이 망극하옵나이다."

안집 텔레비전 소리가 유난히 크게 왕왕거리고 있었다. 아마 연속 사극들을 보고 있는 모양이었다.

비는 그리 세차게 내리는 편은 아니었다. 그러나 침착

하게 그리고 언제까지나 이렇게 추적추적 땅바닥을 적실 것만 같은 분위기였다. 하늘은 회색으로 낮게 가라앉아 있었으며 조금 먼 풍경들은 모두 비안개로 지워져버린 채 사방이 막막하게 막혀 있었다. 도대체 몇 시쯤이나 되었을까. 전혀 짐작조차 할 수 없었다. 시간은 비 때문에 약간 어둑해져 있는 풍경 속에서 모호하게 풀어진 채 가라앉아 있었다. 어디선가 콸콸콸 끊임없이 물 흐르는 소리가 들려오고 있었다. 비는 나흘째 계속되고 있었다. 장마였다.

"도장 가지고 나오세요."

하지만 도장 따윈 없었다. 나는 집배원이 내미는 영수증 위에다 인주 묻은 엄지손가락을 눌러 새빨간 꽃이파리나 한 개 만들어주는 수밖에는 별도리가 없었다.

집배원은 약간 못마땅한 표정이었다. 집배원 뒤 경사진 골목길은 완전히 개울로 변해 있었다. 누우런 흙탕물이 제법 물살까지 뒤채이면서 빠르게 큰길 쪽으로 흘러내리고 있었다. 집배원은 내게 카키색 사각봉투의 등기 우편물을 건네주고는 다시 힘겹게 자전거를 끌며 개울로 변해버린 그 골목길을 거슬러 올라가고 있었다.

나는 양철 대문의 빗장을 지르고 급히 마당을 가로질러

내 방으로 돌아왔다. 그새 전신이 비에 축축하게 젖어 있었다. 나는 수건을 찾아내어 머리카락과 얼굴을 닦아내고 옷도 다시 갈아입었다. 그리고 그 등기 우편물을 일단 책상 서랍 속에 넣어두고는 방바닥에 벌러덩 드러누워 멀거니 천정을 바라보기 시작했다.

'이 우편물을 보낸 녀석은 사흘 전에 죽었다. 장난이 아니다……'

나는 스스로에게 타이르고 있었다. 장난이 아니라는 확신이 생길 때까지 나는 그 우편물을 뜯어볼 수가 없었다.

배가 고파지고 있었다. 그러나 참지 못할 정도는 아니었다. 문득 고향에 가고 싶다는 생각이 들었다. 호박잎에 후둑후둑 떨어지는 빗방울 소리, 저물녘 아궁이에 생솔가지를 지피면, 연기는 마당까지 퍼져 나와 젖은 방바닥에 낮게낮게 깔리고 그 연기에 아랫도리를 적시며 성큼성큼 아버지가 걸어 들어올 것만 같았었다. 전쟁이 끝나고 내도록 아버지는 돌아오지 않고 있었다. 할머니는 언제나 방문을 열어놓으시고 망연히 사립문 밖을 내다보곤 하셨다.

고향을 생각하면 아직도 감당할 수 없는 아픔들이 죽창처럼 내 가슴을 찔러오곤 하지만 그래도 문득문득 고향엘 가보고 싶다는 생각이 드는 것은 도대체 무슨 이유 때문

인지 알 수가 없었다. 그러나 어쩌면 죽을 때까지 고향에
는 한 번도 못 가보게 되는지도 모를 일이었다.

갑자기 빗소리가 거세어지고 있었다. 실내의 모든 사물
들이 일제히 눈을 뜨고 그 빗소리에 은밀히 귀를 기울이
기 시작하는 것 같았다.

더러 바람도 부는 모양이었다. 이따금 빗소리가 꺾이고
있었다.

이럴 때 할머니는 곧잘 환청에 속으시곤 했었다. 밖에
누가 왔냐, 라고 큰소리로 말하면서 자주 방문을 열어 보
기 일쑤였었다. 하지만 밖은 언제나 텅 비어 있었다. 아버
지는 영원히 돌아오지 않을 것 같았다. 그리고 어느 해
가을, 그토록 애타게 기다리던 아들의 생사조차도 알지
못한 채 할머니는 그만 이 세상을 떠나시고 말았었다.

아버지가 돌아오신 것은 다음 해 겨울이었다. 아버지는
뜻밖에도 공비 토벌을 나갔던 마을 사람들에게 포박되어
져 돌아왔었다. 저물녘이었다. 아버지는 공회당 마당 한
복판에 꿇어앉혀져 있었다. 살벌한 분위기였다. 횃불이
붙여지고, 아직 완전히 어두워지지 않은 약간의 저녁 어
스름 속에서도 아버지의 모습은 불그스름한 불빛에 젖어
서 또 하나의 횃불로 펄럭거리며 타오르고 있었다. 오래

도록 분노와 증오에 찬 마을 사람들의 심문이 계속되고 있었다. 그러나 아버지는 단 한 마디도 입을 열지 않았다. 표정도 시종일관 담담하기 그지없었다. 어느 순간엔가 돌연히 광분한 마을 사람 하나가 죽창을 들고 아버지의 가슴팍을 찌르는 것을 보았었다. 순식간의 일이었다. 아버지는 두 손이 결박되어진 상태로 맥없이 옆으로 쓰러지고 있었다.

나는 그날 밤 할머니가 돌아가신 뒤부터 줄곧 나를 맡아 돌보고 있던 친척집을 몰래 빠져나와 될 수 있는 한 마을로부터 멀리 도망쳐 가기 시작했었다. 그리고 사흘 낮사흘 밤을 걸어서 나는 간이역이 있는 어느 마을에까지 당도했었고, 거기서 어른들 틈에 묻어 무작정 기차를 타고 어디론가 도망쳐 가기 시작했었다.

정말이지, 이제 영원히 고향에는 못 가보게 될 것만 같은 생각이 들었다.

빗소리는 좀처럼 기세를 죽이지 않고 있었다. 나는 책상 앞으로 걸어가서 우편물이 들어 있는 서랍을 가만히 열어 보았다. 서랍 속에도 가득히 빗소리가 담겨 있었다.

'이 우편물을 내게 보낸 녀석은 사흘 전에 죽었다. 장난이 아니다……'

나는 비로소 어느 정도 카키색 사각봉투의 등기 우편물을 뜯어볼 자신감을 얻게 되었다. 그래서 별로 망설이지 않고 그것을 서랍 속에서 끄집어낼 수가 있었다. 사인펜을 사용해서 단정한 글씨체로 써놓았던 수신인과 발신인의 주소, 성명이 빗물로 약간 얼룩져 있었다. 방안이 침침하다고 생각되어져 나는 우선 형광등부터 켜놓았다. 그리고 조금은 긴장된 마음으로 그 우편물의 봉합을 뜯었다.

편지가 들어 있었다. 엄청나게 많은 분량의 편지였다. 나는 편안한 자세로 벽에 등을 기대고 앉아 그 우편물을 내게 보낸 녀석이 틀림없이 사흘 전에 죽어 버렸다는 사실과 그 우편물에 결부된 모든 일들이 결코 어떤 장난일 수가 없으며 내게는 대단히 중요한 의미를 가지고 있다는 것을 거듭 믿으려고 노력하면서 그것을 차근차근 읽어 내려가기 시작했다. 깨알같이 잘디잔 글씨들이었다. 친구여로 그 서두는 시작되고 있었다.

친구여.

한 달 내내 비가 내리지 않고 있었다. 정말 무덥고 지루한 여름이었다. 대낮에 거리로 외출해 보면 이상하게도 거리는 텅 비어 있는 듯한 느낌이었다.

모든 것이 강렬한 햇빛 속에서 하얗게 타들어가고 있었다. 건물들은 불시에 번뜩 유리창을 빛내면서 현기증으로 쓰러져버릴 것 같아 보였고, 등가죽에 수천만 개의 날카로운 빛의 칼날을 맞고 거대한 배암처럼 죽어서 길게 나자빠져 있는 아스팔트는 콜타르가 녹아서 옆구리에 찐득찐득한 피가 엉겨 붙어 있는 것 같아 보이기도 했다. 도시의 서쪽 연변을 끼고 잔잔한 물비닐을 다스리며 유유히 흐르고 있던 신영강도 어느새 바닥이 말라 있었고 군데군데 하얗게 뼈들이 드러나 보였다.

밤이면 어디선가 날벌레들이 수없이 날아와서 형광등 주변으로 모여들었다. 그것들은 방바닥이며 벽이며 책상 위에도 극성스럽게 달라붙어 스물스물 기어다니곤 했다. 그러다가 어느새 살갗이며 머리카락 속에까지 파고 들어와 역시 스물스물 기어다니거나 조금씩 세포와 뇌신경 등을 쏠아 먹기도 했다. 저녁이면 가끔 보건소 방역차가 희뿌옇게 살충제를 분무하며 거리를 누비고 다니는 광경도 볼 수가 있었다.

며칠 전에는 이 도시에서 발행되는 신문 사회면을 통해 두 명의 시민이 진성 뇌염으로 병원에 입원 가료 중 아깝게도 그만 목숨을 잃고 말았다는 기사까지 보도되어졌었다. 그러나 시민들 사이에는 아무런 동요도 일어나지 않았다. 모든 것은 정지 상태 그대로였다. 도시 전체에 권태감이 회백색 화산재처럼 두텁고 무겁게 덮여 있었다. 바람조차도 불지 않았다. 살인을 하기에는 안성맞춤인 날씨였지만 자살을 하기에는 분위기가 전혀 맞지 않는 날씨였다.

그러다가 어제 아침부터 모처럼 하늘이 흐려지기 시작했다. 이따금 건들바람도 불어왔다. 차츰 구름은 어둡고 무겁게 아래로 내려앉고 있었다. 오늘부터 장마가 계속되리라는 중앙 관상대의 일기예보가 있었다. 그리고 비로소 새벽녘에는 후둑후둑 빗방울 떨어지는 소리가 들려오기 시작했다.

이윽고 모든 것이 식어들면서 빗소리 속으로 깊이깊이 침잠해 들어가고 있었다. 나는 그 빗소리를 들으며 문득 다시금 자살하고 싶다는 충동에 사로잡혔다.

친구여.

나는 과연 천재였을까.

최고의 명문, 사천대학교 법대 법학과를 수석으로 합격했을 때 사람들은 나를 천재라고 불렀었다. 그러나 입학 초에 찍은 내 사진을 보면 천재다운 부분을 아무리 찾아

보려고 애를 써도 전혀 찾아볼 도리가 없었다. 지금도 마찬가지겠지만, 나는 오히려 뇌가 텅 비어 있는 정신박약아처럼 멍청해 보였다. 참으로 정직한 모습이었다.

"넌 수면제를 먹고 만들어낸 녀석 같구나. 흐리멍덩한 생김새를 가지고 있어. 보기만 해도 피곤해진다."

어느 급우가 내게 해준 인물평이었다. 반박할 여지가 없었다.

봄이었다. 캠퍼스 가득히 연두빛 봄기운이 넘쳐나고 있었다. 맑고 깨끗한 햇빛이 박하 가루처럼 환한 느낌으로 피부에 닿아오고 있었다.

신입생들은 한결같이 싱그러운 모습들을 하고 있었다. 저마다가 그대로 한 그루씩의 물오르는 나무들 같아 보였다. 그러나 나만은 예외였다. 거울을 보면 도무지 살기 귀찮아서 죽을 지경이라는 듯 축 늘어져 있는 모습. 마치 더운 물에 데쳐서 내다 걸어놓은 시래기 다발처럼 남루해 보였다.

"오는 토요일에 있을 미팅에 관해 잠깐 안내 말씀을 드리겠습니다."

"야유회 건에 대해 좀 구체적인 계획을 세워보고자 합니다."

"오늘 오후 다섯 시에 학년 대항 축구 시합이 있을 예정입니다. 한 분도 빠지지 마시고 전원 응원에 참가해 주시기 바랍니다."

"대명극장에서 우리 과에만 특별히 할인권을 보내왔습니다. 영화 제목은 나바론입니다."

가끔 과대표라는 인물이 교단에 올라가 헤프게 빙글거리며 그런 투의 공시 사항이나 토의 안건을 던져주곤 했다.

하지만 언제나 나는 불참이었다. 미팅에도, 야유회에도, 응원에도, 그리고 나바론인지, 나팔론이지에도 언제나 나는 불참이었다.

그렇다고 뭐 공부를 하기 위해서는 아니었다. 단지 흥미를 느낄 수가 없었기 때문이었다. 나는 항시 겉돌고 있었다.

겨우 소설책 따위나 옆구리에 끼고 대학 숲 속을 어정거리곤 하는 게 고작이었다.

강의 시간이면 자주 졸음이 왔다. 교수님들의 목소리는 마치 멀리서 잠의 신이 혼들을 불러내는 소리처럼 의식을 가물가물하게 풀어놓고 삭신을 녹작지근하게 녹여 주었다. 그러나 나는 결코 졸지는 않았다. 곧 중간고사가 있을 예정이었다.

강의가 모두 끝나면 학생들은 허겁지겁 도서관으로 달려가곤 했다. 그리고 온 신경을 모두 책에다 집중해 놓고 골똘히 활자밭을 파헤쳤다. 도서관이 문을 닫는 최후의 1초까지 자리를 뜨지 않고 지식의 뿌리들을 캐고 있었다.

밤을 새운 탓으로 눈이 벌겋게 충혈되어 있는 녀석들도 있었다. 입술이 허옇게 부르터 있거나 더러 코피를 흘리는 녀석들도 있었다.

중간고사는 6일 동안 계속되어졌다. 첫 시간부터 나는 겁을 먹기 시작했었다. 문제들이 몹시 어려운 편이었다. 그렇다고 전혀 모르는 문제가 있는 것은 아니었다. 전혀 모르는 문제는 끝 시간까지 단 한 개도 나타나지 않았었다. 다만 전부가 주관식 문제들이었기 때문에 어떻게 채점되어질는지 의문이었다. 나는 그 대학에서의 첫 번째 시험을 신중하고도 신중하게 치렀었다. 시험이 끝나고 이틀 후엔가 사흘 후엔가, 교무과에 들러 제일 먼저 성적표를 열람하고 돌아온 친구가 내게 말했다.

"술 사라."

내가 톱이더라는 거였다.

하지만 톱이건 망치건 나는 별로 흥미가 없었다. 국민학교 1학년 때부터 망치는 한 번도 해본 적이 없었으니까.

급우들은 좀 믿기지 않는다는 듯한 눈치들이었다. 그들은 가장 치열한 전쟁터에서 승리한 가장 우수한 두뇌와 정신력을 가진 병사들이었다. 시험 같은 건 이미 생활화되어 있었다. 펜으로 치르는 전쟁이라면 누구나가 어느 정도는 자신만만한 데가 있는 명사수들이었다. 마치 뇌가 텅 비어 있는 정신박약아처럼 멍청해 보이는 내게 다시금 톱의 자리를 빼앗겼다는 것은 전혀 뜻밖의 일이라는 듯한 표정들이었다.

"네가 전체 수석의 영광을 차지했었던 건 행운의 여신이 그때 술의 신 박카스와 열애에 빠져 있었기 때문일 거다. 그리고 채점관들도 눈에 곰팡이가 슬었었고."

내가 마치 수면제를 먹고 만들어낸 놈처럼 흐리멍덩해 보인다던 어느 급우가 언젠가 내게 해준 말이었다.

"이번엔 무슨 조화 때문에 일어난 기적인지 도무지 알 수 없군."

그는 내가 중간고사에서도 톱의 자리를 고수한 일에 대해서는 좀 이해하기가 곤란하다는 듯한 어투였다.

"대리시험을 쳤었지."

나는 그렇게 대답해 주었다.

그러고 보니 지금까지 내가 치러온 모든 시험이 어떤

의미에서는 대리시험이나 다를 바가 없다는 생각이 들었다. 약간 우울한 기분이었다.

1년 동안 모두 네 번의 시험이 치러졌었다.

역시 문제들은 한결같이 어렵고 까다로웠다. 웬만큼 공부하지 않고는 문제 자체조차도 이해하기가 힘들 정도였다.

그러나 나는 네 번 다 톱을 고수했었다.

급우들은 아무래도 약간의 패배감 같은 걸 느끼지 않을 수가 없는 것 같았다. 왠지 한 수 눌리고 있는 듯한 표정들이었다.

법대생들에게만은 시험이 특히 중요한 것으로 잠재되어 있지 않을 수가 없는 노릇이었다. 두말할 나위도 없이 사법고시라는 전쟁터가 눈앞에 펼쳐져 있었기 때문이었다.

법대에 합격하는 순간부터 판검사에 대한 꿈으로 잠시나마 가슴이 부풀어 보지 않은 법대생이 과연 몇 명이나 될 것인지. 2학년 때 벌써 약관의 나이로 사법고시에 합격해서 선망의 대상이 되었던 사람들도 더러는 있었다. 그래서 나라고 그렇게 못하라는 법 있느냐는 식으로 입학하자마자 은밀히 칼을 가는 축들도 적지 않은 편이었다.

학과 성적에서 내게 몇 번 뒤졌다고 해서 그리 열등의

식을 느낄 필요는 없는 일이었다. 학과 성적은 끝에서 몇 번째로 겉돌았던 학생이 사법고시에서는 무난히 합격을 해서 화려한 인생의 장을 열었던 예는 얼마든지 있었다. 반대로 학과 성적은 언제나 상위권을 유지하고 있었으나 사법고시에서는 미역국을 먹고 폭삭 시들어 버리고 말았었던 예도 얼마든지 있었음은 두말할 나위가 없었다. 희망을 버릴 필요는 없었다. 단칼에 끝내줄 수 있는 기회가 얼마든지 남아 있었다.

2학년이 되어서도 나는 줄곧 중간고사나 기말고사에서 톱의 자리를 고수했었다. 10월에 실시되었던 1차 사법고시에서도 무난히 합격의 영광을 차지할 수가 있었다.

"저 새낀 시험 잘 치게 하는 귀신이 붙었다. 쳤다 하면 끝내준다. 괴물이야."

그러나 2차에는 응시하지 않았다. 사는 게 도무지 흥이 나지 않아서였다.

2년 내내 나는 다른 학생들과의 접촉을 거의 병적으로 꺼려왔었다. 단 한 명의 친구도 없는 신세였다.

학기말 시험을 끝으로 대학은 곧장 방학으로 접어들었다.

날씨가 제법 냉랭해지고 있었다. 캠퍼스에는 어느새 한 무리의 겨울이 당도해서 점령군처럼 깃발을 펄럭이고 있었다.

종강 파티다 뭐다 해서 서로들 떼지어 몰려나가 버린 뒤 나는 텅 빈 강의실에 혼자 앉아 있었다. 이따금 바람이 불고 있었다. 창문이 밭은 기침 소리를 뱉아내고 있었다. 그뿐, 주위는 몹시 공허했다. 나는 바람 부는 창밖을 내다보며 오래도록 그 공허 속에 혼자 앉아 있었다. 정말 사는 게 도무지 흥이 나지 않았다.

나는 다시금 문득 자살하고 싶은 충동에 사로잡혔다.

그때였다. 어디선가 쥐 한 마리가 살금살금 기어나와 주둥이를 씰룩거리며 의자 밑으로 기어다니고 있는 것이 눈에 띄었다. 아주 쬐끄만 새앙쥐였다.

사람이 있다는 것을 전혀 의식하고 있지 않은 듯한 눈치였다. 군것질 좋아하는 여학생들이 교수님들 몰래 먹다 흘린 비스킷 부스러기라도 찾고 있는 것일까.

아마 그럴 것이다. 쥐 주제에 대학 강의실에는 무슨 볼 일이 있다고 나타났을 것인가.

나는 잠시 쥐를 관찰하다가 아주 조심스럽게 의자에서 일어섰다. 그리고 실내를 한 번 찬찬히 훑어보았다.

쥐는 이제 출입문 맞은편 벽 밑에 쪼그리고 앉아 무엇인가를 열심히 갉아 먹고 있는 중이었다. 정말로 어느 여학생이 먹다 흘린 비스킷 조각이라도 한 개 발견한 모양이었다.

나는 살금살금 출입문 쪽으로 다가갔다.

출입문은 열려 있었다. 나는 출입문의 손잡이를 움켜잡았다.

"텅!"

하고 출입문 닫히는 소리가 실내의 공허를 박살내 놓았다. 순간 쥐는 본능적으로 출입문 쪽으로 쏜살같이 내달아 오더니 출입문 밑 틈서리에다 대가리를 한 번 들이박고는 혼비백산 다급하게 방향을 바꾸어 의자들 밑으로 사라져 버렸다.

'너는 독 안에 든 쥐다……'

나는 속으로 혼자 그렇게 중얼거렸다 그리고 가방 속에 있는 것들을 모조리 의자 위에다 꺼내놓았다.

내장을 다 쏟아낸 가방은 텅 빈 배로 강의실 구석에 눕혀졌다. 아가리를 약간 벌리고였다.

곧 쥐몰이가 시작되었다. 의자들이 꽈당꽈당 쓰러지고, 칠판 지우개가 날아다니고 숨바꼭질이 시작되었다. 쥐는 마치 꼬리 끝에다 상처를 내고 고추장이라도 발라 놓은 것처럼 맹렬한 속도로 강의실 바닥을 도망쳐 다니거나 어디론가 홀연히 자취를 감추어 버리곤 했다. 그것은 마치 하나의 작은 전투 같았다. 나는 집요하게 수색하고 공격하고 위협했다. 이마엔 땀까지 내비치고 있었다.

그러다가 잠시 후, 쫓기던 쥐는 마침내 얼떨결에 가방 속으로 들어가 버렸다. 그리고 비로소 그 하나의 작은 전투는 막을 내렸다.

아까 잠깐 생각해 봤지. 벽도 천장도 바닥도 모두 단단한 콘크리트로 되어 있거든. 네가 들어올 데라곤 저 출입문 한 군데밖엔 없었어. 너는 이제 완전히 내게 생포되었다. 끝장이야……

나는 속으로 그렇게 중얼거리며 가방의 아가리를 닫아 버렸다. 뒷일은 집에 가지고 가서 생각해 볼 문제였다.

내가 자취하고 있는 집 주인댁 식모애에게 선물을 해도 좋을 것이다. 그 애는 내게 사람은 먹기 위해 산다고 말했었다. 대학생이 아직 그것도 모르겠냐는 듯한 표정이었다. 내가 하도 자주 굶으니까 하는 소리였을 것이다. 그 애는 요즘 자주 내게 먹을 걸 갖다주며 이상한 눈빛을 하고 히히덕거린다. 밉지 않게는 생긴 편이었다. 아니 우리 과에 있는 네 명의 여학생들에 비하면 한결 예쁘게 생긴 편이었다. 하지만 그렇게 이상한 눈빛을 하고 히히덕거리면 그때는…….

잡아먹어도 좋겠지.

2학년 겨울, 나는 그 겨울에 소설 한 편을 써서 어느 일간지의 신춘문예에 응모했었다.

물론 여지없는 낙선이었다. 그리고 나는 그 최초의 낙선 때문에 몹시 실의에 빠져 있었다.

내게는 소설을 써야 할 만한 이유가 있었다. 어릴 때부터 나는 비밀 하나를 가지고 있었고, 성장하면서 나는 때때로 그 비밀 때문에 깊은 비애 속에 빠지곤 했다.

내 이름은 박형석으로 되어 있지만 사실 나는 박형석이가 아니었다. 그래서 나는 때때로 내가 실종당해 있는 듯한 느낌 속에 곧잘 사로잡히기 일쑤였다.

솔직히 말해서 나는 사법고시 따위엔 전혀 흥미가 없었다. 내게 판검사에 대한 기대를 걸고 있는 분들에게는 진심으로 미안한 일이 아닐 수가 없었다.

그러나 내 가슴 안에는 박형석이라는 이름의 내가 잠재해 있었다. 아무에게도 말하지 않고 살아왔다. 다만 혼자 가슴속에다 짙은 아픔으로 간직하고 살아왔었다.

이제 나는 진정한 천재가 되고 싶었다. 내 가슴속에 아직도 머물러 있는 유년의 짙은 타박상 하나를 어떤 꽃으

146

로 승화시켜 보고 싶었다. 고작 판검사가 되는 일 따위로
는 어림도 없는 일이었다. 비록 내가 정신박약아처럼 멍
청한 표정을 가지고 있기는 하지만 어쩌다 관운의 기류를
순조롭게 타고나서 대법원장이 된다 해도 그건 마찬가지
일 거였다.

진정한 천재란 무엇인가.

"천재다. 천재."

내 나이 세 살 때부터 나를 그렇게 평가해 주었다. 한글
은 물론 웬만한 한문은 모르는 게 없을 정도였었다. 그리
고 다섯 살에 이르러서는 『흥부전』·『심청전』·『장화홍련
전』·『홍길동전』·『배비장전』…… 무엇이든지 한 번만 읽
어 보면 단 한 자도 틀리지 않고 물 흐르듯 줄줄줄 외워서
어른들로 하여금 경탄을 금치 못하도록 만들고 했었다.

그러나 나는 신동이지, 천재는 아니었다. 사전적인 해
석을 떠나서 내가 생각하는 천재는 신동이나 수재와는 완
전히 다른 것이었다.

사람들은 흔히 머리가 비상하면 영락없이 천재라는 단
어를 갖다 붙이곤 하지만 머리가 비상하면 단지 신동이나
수재일 뿐 천재라고 할 수는 없는 것 같았다.

모름지기 천재란 시대를 앞서가는 불멸의 작품을 낳기

위해서 한 생애를 불꽃처럼 타오르다 죽어간 니진스키 같은 사람들이 아닐까.

하지만 그 어느 시대이건 그 시대는 그 시대의 천재들을 결코 천재대로 오래오래 살아남아 있도록 그냥 내버려두지는 않는 것 같았다. 반드시 요절을 시켜버려야만 직성이 풀리는 모양이었다.

그러나 아무리 요절을 시키려고 애를 써도 천재는 결코 타의에 의해서 요절당하지는 않았었다. 다만 천재는 스스로 그 시대를 버리고 오직 자기만의 생애 속에서 자기만의 아름다운 목소리를 다스리다 초연히 떠나갈 뿐이었다. 시대가 천재를 버리는 것이 아니라 천재가 시대를 버리는 것이다.

천재가 요절하게 되는 것은 결코 시대를 잘못 타고났기 때문이 아니다. 단지 그 천재가 그 시대의 너무 많은 착오들을 알고 있기 때문이다. 따라서 천재는 끊임없이 절망하고 끊임없이 연소한다.

아, 내가 어떻게 그토록 아름다운 사람들의 흉내조차 낼 수가 있단 말인가.

그렇다 최초의 내 소설은 낙선되었다. 수재와 천재가 다르듯이 응시와 응모도 다른 것이었다. 내 머릿속에는 지저분한 공식이며 이론들이나 가득 들어차 있었지, 소설을 꾸며낼 만한 상상의 날개나 체험의 뿌리 따위는 들어 있지 않은 모양이었다.

그러나 내 몸속 어딘가에는 소설에 대한 동경의 피가 설레고 있었다.

방학 동안 고시 공부를 하기 위해서 그대로 여기 머물러 있어야 되겠노라고 나는 시골에 계신 부모님들께 편지를 띄웠었다. 어머니께서 한 번 다녀가셨었다. 대단히 죄스러웠다. 그러나 어쩔 수가 없는 일이었다.

밤이면 나는 수십 장의 원고지가 방바닥에 파지로 죽어 널리는 것을 보면서 어떻게 해서든 한 편의 소설이라도 완성해 보려고 노력했다. 더럽게 힘든 작업이었다.

더러는 눈이 내리고 더러는 혹한의 바람이 불었다. 자주 연탄불이 꺼지곤 했다. 연탄불이 꺼진 새벽의 냉방은 참혹했다. 주인집 식모애에게 연탄불을 빌릴 때마다 빚을 지는 기분이었다. 사람은 오로지 먹기 위해 산다고 내게 말했던 아궁이 앞의 여류 철학자에게 나는 연탄불이 한 번씩 꺼질 때마다 나를 한 번씩 뜯어먹어도 좋다고 허락해주고 싶었다. 만약 정말로 그렇게 한다면 나는 한 달 이내로 고스란히 뼈만 남게 될 것이다. 연탄불은 때로 하루에 두 번씩도 꺼지곤 했었으니까.

"이젠 그만 좀 꺼뜨리세요. 정말 지겨워 죽겠네."

그렇지만 계집애, 속으로 은근히 반가워하는 표정을 숨기지는 못하지. 계속 그렇게 여자 냄새를 풍기면서 눈웃음을 친다면…….

그러나 아직은 잡아먹을 자신이 서지 않았다.

3학년이 되면서부터 나는 자주 결강을 일삼기 시작했다.

급우들은 저마다 공부에 혈안이 되어 있었다. 두말할 필요도 없이 본격적인 고시 준비들을 하고 있었던 것이다.

아무래도 나는 마음이 편치 못했다. 내게 기대를 걸고 있는 사람들에게 실망을 안겨주고 싶지는 않았던 것이다. 나는 알고 있었다. 1, 2차 시험에 모두 합격하기가 얼마나 힘든 일인가를. 그 경우만은 머리 하나만 믿고 태연해질 수가 없는 노릇이었다. 1차에는 자신이 있었지만 2차에는 도무지 자신이 서지 않았다.

수재도 한계는 있는 법이다. 남들도 모두 내로라하는 실력파들이었다. 산사에서, 또는 골방에서, 눈썹까지 밀어붙이고 두문불출 몇 번씩이나 도를 닦듯 육법전서를 파먹으며 살아온 사람들도 있었다. 내가 수재라 한들 그들이 육법전서를 파먹고 있을 때 태연히 원고지나 죽이다가 함께 실력을 겨루어봤자, 결과는 그야말로 뻔할 뻔 자가 아닐 수 없었다.

나는 망설이고 있었다. 일단 시험에 합격해 놓고 볼 것인가 아니면 아예 포기해 버리고 말 것인가…….

아무래도 포기해 버려야 할 것 같았다. 합격해 놓고 보면 자연히 소설 쪽에는 형편없이 기가 빠져 버릴 것은 당연한 이치였다. 아니, 아예 영원히 못 쓰게 되고 말는지도 모를 일이었다.

나는 그런 갈등 속에서 변함없이 급우들로부터 소외된 채 홀로 겉도는 신세가 되어 있었다. 무거운 우울의 덩어리가 자주 가슴을 짓눌러왔다.

가끔 시골에 계신 부모님들로부터 편지가 보내져 왔다. 언제나 올해는 틀림없이 합격하게 되리라는 것을 믿어 의심치 않는다는 내용이 적혀 있었다. 그때마다 밤이나 낮이나 틈만 있으면 뒤뜰에 나가 정화수 한 그릇을 떠놓으시고 두 손을 합장해서 하늘을 우러르시며 지성으로 나의 합격을 축원하시는 어머니의 간절하신 모습이 내 눈시울을 뜨겁게 만들곤 했다. 괴로운 일이었다. 도무지 갈피를 잡을 수가 없었다.

그러면서도 나는 밤마다 원고지 속에 갇혀 있었다. 그러나 단 한 편의 소설조차도 완성해 볼 수가 없었다. 이것도 저것도 손에 잡히지 않는 상태였다. 차라리 다 걷어치워 버리고 싶은 심정이었다.

중간고사가 끝나던 날이었다.

나는 텅 빈 강의실에 다시 혼자 앉아 있었다. 강의실 밖은 온통 푸르름이 넘쳐나고 있었다. 문득 여자라도 하나 있었으면 좋겠다는 생각을 했다. 그러나 아무리 생각해 보아도 쉽게 여자가 생겨줄 것 같지가 않았다. 누구에게든 내 심정을 털어놓고 의논이라도 한번 해보고 싶었다.

나는 버릇처럼 노트 한 권을 가방에서 끄집어내어 다시 편지를 쓰기 시작했다. 편지는 그즈음의 유일한 내 위안이었다. 나는 그 유일한 내 위안의 첫머리를 언제나처럼 '친구여'라고 적어 넣었다.

친구여.

소설을 쓰고 싶다. 너만은 이해해 줄 수 있을 것이다.

내 속에는 내 아버지의 피가 흐르고 있다. 내 아버지의 피 중에서 다른 피는 모두 버리고 소설을 쓰고 싶어했던 피만 특히 짙게 흐르고 있다. 그 피는 아편 같은 것이어서

진정시킬래야 진정시킬 수 없는 강한 충동으로 지금 나를 유혹하고 있는 것이다.

물론 내 아버지는 무명의 한 초라한 문학도에 불과했을는지도 모른다. 그러나 나는 아버지가 꽃피우지 못했던 것을 내가 꽃피울 수 있으리라는 자신감이 어느 정도는 있다고 말하고 싶다.

그러나 친구여.

내가 소설을 쓰게 되면 혹시 나는 너무 많은 사람들의 기대와 사랑을 배반하게 되는 것이 아닌지. 그리고 오직 내 개인적인 입장만 내세우려는 철면피한 결과가 되는 것이나 아닌지…….

나는 오래도록 강의실에 앉아 그런 내용의 편지에 열중해 있었다. 밖에는 바람이 불고 있었다. 나무들이 머리를 산발하고 바람 부는 쪽으로 바람 부는 쪽으로 떠내려가고 있는 것 같았다.

이윽고 나는 편지를 모두 끝내고 가방 속에서 작은 풀통 한 개와 편지 봉투 한 장을 찾아내었다. 편지 봉투에는 이미 우표가 붙어 있었고, 수신인과 발신인의 주소까지 양면에 각각 적혀져 있었다. 나는 편지를 그 속에다 집어넣고 풀칠을 해서 봉한 다음 다시 가방 속에다 끼워 넣었다.

　내일부터 장마가 계속되리라는 중앙 관상대의 일기예보가 있었다.

　방학중이었다. 한 달 내내 비가 내리지 않고 있었다. 밤이 되어도 식지 않고 후끈후끈하게 살갗 전체를 삶아대던 열기. 그러나 지금은 많이 가라앉아 있었다.

　나는 캄캄한 방안에 혼자 누워 암담한 기분에 사로잡혀 있었다. 가끔 모기들이 가느다란 울음을 끌며 귓전을 스쳐가는 것을 느낄 수가 있었다. 창문 속에는 단 한 개의 별도 보이지 않았다. 이따금 번갯불이 하얗게 유리창을 태우곤 했다. 그리고 뒤이어 천둥소리도 들리곤 했다. 오늘밤 안으로 비가 올 것 같았다. 문득 시골에 계신 부모님들의 얼굴이 떠올랐다. 죄스러운 기분이 들었다. 이번에도 나는 고시공부를 핑계 삼아 그대로 자취방에 머물러 있을 작정이었다.

　오늘 밤따라 유난히 잠이 오지 않는 것 같았다. 수면제라도 몇 알 먹어볼까 하다가 그만두었다. 책상 서랍 속에는 여러 종류의 수면제들이 한 움큼 정도는 모아져 있었다. 가끔 자살하고 싶은 충동에 사로잡힐 때마다 몇 알씩

사다 놓고 위안을 삼곤 했었다.

쥐는 아까부터 끊임없이 나무토막을 쏠아대고 있었다. 아마 이빨이 자라는 것을 방지하고 있는 중인 모양이었다.

2학년 여름 방학이 시작되던 날, 종강 파티다 뭐다 해서 모두들 떼지어 나가버린 뒤 텅 빈 강의실에 나 혼자 앉아 있는데 바로 저 쥐가 나타났었다.

대학 강의실의 쥐……

나는 가방 속에다 놈을 생포해서 돌아오면서 놈이 왠지 몹시 외로운 쥐인 것 같다는 생각을 했었다. 그래서 차마 놈을 죽여버릴 용기가 나지 않았었다.

집에 돌아와 나는 함석과 판자를 이용해서 윗목 한허리를 차단하고 놈이 도저히 빠져나갈 수 없는 사육장 하나를 만들었었다.

그리고 놈이 충분히 활동할 수 있도록 여러 가지 시설들도 갖추어주었었다.

이제 놈은 징그러울 정도로 살이 쪄 있었다. 완전히 어미 쥐로 변해 있었다. 아니다. 숫놈이니까 애비 쥐라고 해야 옳을는지도 모르겠다.

발정기가 되면 놈은 밤새도록 잠을 못 자고 거의 발광하듯 소란을 피워댔었다. 나는 처음엔 왜 저러는가 싶었다.

"쥐약 먹었냐, 너."

도무지 내가 다 잠을 못 잘 지경이었다. 그런데 어느 날 식모애가 가르쳐 주었었다. 내가 투덜거리는 이유가 뭐냐고 묻길래 쥐가 며칠째 밤낮으로 발광을 떨고 있다고 말했더니 뭔가 한참을 생각해 보다가 갑자기 얼굴이 시뻘개지면서, 흘레……

말하다가 말고 어쩔 줄을 모르며 제 손으로 제 입을 틀어막았다.

그후로 발정기가 되면 나는 쥐를 생포할 수 있도록 만들어진 쥐덫으로 암놈 쥐를 생포해서는 실컷 그 흘레라는 걸 시켜주곤 했었다. 오늘도 초저녁에 약간 발정의 기미가 있는 것 같았었다. 쥐덫을 안집 부엌에다 놓아두기는 했지만 암놈 쥐가 생포되어 줄지 어떨지는 미지수였다. 생포되어지는 대로 식모애가 쥐덫째 갖다 주겠다고 말했었다.

안집에는 지금 식모애 하나만 있을 거였다. 안집 남자는 택시 운전기사였는데 어제 아침에 재수 없게도 택시끼리 박치기를 한 모양이었다. 집안이 한바탕 발칵 뒤집혀졌었다. 머리통이 깨지고 갈비뼈가 두 대나 부러져 나갔다고 아까 식모애가 병원에 다녀와서 내게 무슨 큰 자랑거리처럼 말했었다.

이따금의 번개, 그리고 천둥 소리. 마침내 밖에서는 후둑후둑 빗방울 떨어지는 소리가 들리기 시작했다. 새벽 두 시나 세 시쯤 되었을 거였다.

나는 다시 어떤 깊은 우울의 늪 속으로 빠져들고 있었다. 비는 점점 더 세찬 기세로 쏟아지고 있었다. 천둥 소리도 아까보다는 더욱 날카롭고 파괴적인 소리로 어딘가를 박살 내고 있었다.

나는 다시 잃어버린 시간 쪽으로 거슬러 올라가기 시작했다. 그리고 박형석이 아닌 또다른 한 부분의 나, 그 오래도록 실종당해 있는 나를 찾아 헤매기 시작했다. 나는 차츰 이 세상으로부터 영원히 버림받아 버린 듯한 비애감에 젖어들고 있었다.

빗소리는 이제 차츰 안정감을 찾아가고 있었다.

"찌찌 찌찌찌—."

쥐가 몇 번 뭐라고 하소연을 하는 것 같았다. 이어 사육장 벽에 몸을 부딪는 소리도 들렸다. 제발 좀 밖으로 나가게 해달라는 뜻일 거였다. 나는 문득 어릴 때 할머니의 짤막한 옛날 얘기 한 토막을 생각해 내었다.

옛날에…… 어떤 교양 있는 아낙이 바느질을 하고 있

었다. 밖에는 비가 내리고 그 빗소리에 잠겨 남편은 바느질하는 아낙 곁에 누워서 아주 깊은 잠에 빠져 있었다. 그런데 돌연 그 남편의 콧김 속에서 쥐 한 마리가 생겨나더니 쪼르르 방문 앞으로 달려가는 것이 보였다. 쥐는 문을 열려고 애를 쓰는 것 같았다. 만약 조금이라도 경망스러운 데가 있는 아낙이라면 그 쥐를 잣대(尺)로 내리쳐서 죽여 버리고 말았을는지도 모를 일이었다. 그러나 그 아낙은 어디까지나 교양이 있는 아낙이었다. 그래서 일단 쥐가 밖으로 나갈 수 있도록 문을 열어주었다. 쥐는 반가이 밖으로 나가더니 비 오는 마당을 쪼르르 가로질러 대문 밖 어디론가 사라져 버렸다. 남편은 계속 눈을 감고 잠들어 있는 모습이었다. 아낙은 아무 생각 없이 태연히 아까처럼 바느질을 하기 시작했다. 그런데 한참이 지나도록 남편이 잠을 깨지 않고 있었다. 이상한 일이었다. 평소 그렇게 오래도록 낮잠을 자본 적이 없는 남편이었다. 몇 번이고 흔들어 보았지만 전혀 반응이 없었다. 자세히 살펴보니 남편은 숨을 쉬지 않고 있었다. 아낙은 문득 아까의 그 쥐 생각이 나서 방문을 열고 밖을 내다보았다. 쥐는 보이지 않았다. 아낙은 대문 앞까지 나가 보았다. 아니나 다를까. 그동안 비가 계속 내리고 있었기 때문에 대문 앞에는 작은 도랑이 하나 생겨나 있었고 그 도랑을 건너지 못한 쥐 한 마리가 초조한 모습으로 우왕좌왕 움직이고 있는 것이 보였다. 아낙은 황급히 바느질에 쓰는 잣대를 가져다가 도랑 위에 다리를 놓아주었다. 그제서야 쥐는 그 도랑을 건너 마당으로, 마당에서 다시 마루로, 마루에서 방 문턱을 넘어 쪼르르 남편에게로 내달아갔다. 그리고는 남편의 코 밑에서 홀연히 사라져 버렸다. 그러자 비로소 푸우우 하고 길게 숨을 내뿜으면서 남편은 잠에서 깨어났다. 그 쥐는 바로 남편의 혼이었던 것이다⋯⋯.

그런 옛날 애기 끝에 나는 문득 저 쥐도 내게서 빠져나간 어떤 혼이 아닐까 하는 생각조차 품게 되었다. 그날 내가 텅 빈 강의실에 멍청한 표정으로 혼자 앉아 있을 때 그 혼은 잠시 내게서 빠져나가 나들이를 즐기고 있는 중이었는지도 모른다. 그리고 지금 저 빗소리를 듣고 비로소 어떤 잠재의식이 되살아나서 옛날 애기 속의 그 쥐처럼 다시 내게로 돌아오려고 저렇게 바둥거리고 있는 것인지도 모른다.

아, 나는 얼마나 오랜 나날을 외로운 실종 속에서 비 맞으며 살아왔던가.

나는 정말로 그 쥐가 내 혼인 것처럼 착각되어지고 있었다.

다시 빗소리가 차츰 그 소리를 높여가고 있었다. 쥐는 계속해서 그 좁고 어두운 사육장 속에서 외로운 성욕을 앓고 있었다. 그렇지만 암놈 쥐가 생포되어 줄 때까지 나로서도 어찌할 수가 없는 노릇이었다.

나는 빗소리를 들으며 다시 내 유년의 기억 속으로 빠져들고 있었다.

친구여.

지금까지 나는 아무래도 내 유년의 기억들에 대해 이야기해 본 적이 없었다. 왠지 절대로 이야기해서는 안 될 것만 같았다.

내가 박형석이라는 이름을 스스로 지어가지고 다니기 시작하면서부터 나는 철두철미하게 박형석 이전의 나를 감추고 살아왔었다.

그러나 박형석이라는 이름을 스스로 지어가지고 다니기 시작하면서부터 오늘날까지 나는 단 한 번도 내가 박형석이라는 인간임을 실감해 본 적이 없었다. 언제나 남의 인생을 대신 살아주고 있는 듯한 기분이었다. 그로 인해 나는 가끔 견딜 수 없는 우울증에 사로잡히곤 했었다.

마침내 그 우울증은 무슨 일이든지 저지르지 않고는 못 배길 정도로 심해져 있었고 고등학교 2학년 때 나는 최초로 자살이라는 걸 시도하게 되었었다.

투신자살이라는 방법을 택했었는데 물론 실패로 돌아가고 말았었다. 그리고 그 이후로도 가끔 그런 충동이 가슴에 닿아오는 것을 느낄 수가 있었다. 그때마다 나는 혼자 그것을 삭이려고 노력했었다.

그런데 비가 내리는 오늘 나는, 그 어느 때보다도 강렬한 자살에의 충동에 사로잡히게 되었었다. 무슨 일이든 저지르지 않고서는 도저히 그것을 참아낼 수가 없을 것 같았었다.

자꾸만 아버지의 모습이 어른거리곤 했었다.

아버지의 모습……

나는 내 아버지의 모습만 떠오르면 번번이 자살하고 싶은 충동에 사로잡히곤 했었다.

나는 빗소리를 들으며 그 아버지의 모습과 자살에의 충동 따위를 평소처럼 혼자 삭여보고자 노력했었다. 그러나 허사였다. 시간이 갈수록 그 충동은 점차로 도를 더해갔다. 기어코 나는 어이없는 일 하나를 저지르고 말았다.

"저 쥐가 바로 나라니까."

나는 식모애에게 그렇게 말했었다.

"그럼 하고 싶겠네?"

대뜸 그녀가 받은 말은 그랬었다. 그리고 자신도 깜짝 놀랐다는 듯 눈을 동그랗게 뜨고는 한 손으로 입을 가렸었다. 나는 너무도 어처구니가 없어 멍하니 그냥 서 있기만 했었다. 그러나 곧 그녀는 재미있다는 듯이 해들해들 웃기 시작했다.

귀여운 데가 있는 얼굴이었다. 나이는 나와 동갑이 아니면 한 살쯤 아래일 거였다. 아니 어쩌면 한 살쯤 위일는지도 모를 일이었다.

먼저 등 뒤에서 가만히 몸을 감싸안은 것은 나였다. 그러나 빠져나갈 생각은 없는 것 같았었다.

"밥이 타요, 밥이 탄다니까요."

말하면서 몇 번 팔에다 힘을 주더니 이내 풀어져버렸었다.

"밥이 타요, 밥이 탄다니까요."

그렇다면 계집애, 빈 쥐덫은 뭣하러 가지고 들어왔어.

나는 그녀에게 가만히 키스를 해주었다. 그리고 그녀는 마치 어지럼증을 느끼듯 맥없이 방바닥 위로 허물어져버렸었다.

이상하게도 심하게 목만 마르고 성적 충동은 그리 강렬하게 솟구쳐주지가 않았다. 나는 좀더 적극적으로 그녀의 옷 속을 파헤쳐 보았다. 역시 마찬가지 감정이었다.

그러다가 내가 그녀의 젖가슴을 만지기 위해 무리하게 그녀의 남방셔츠 밑으로 손을 집어넣는 순간 툭, 하고 단추 한 개가 떨어졌었다. 그런데 정말 이상하게도 그순간 비로소 나는 짜릿한 전율이 몸 전체에 퍼져나감을 의식했다. 나는 차례로 그 남방 셔츠의 단추들을 잡아떼기 시작했다. 그녀는 눈을 감고 반듯하게 누워 꼼짝도 하지 않고 있었다.

나는 차츰 고조되어 가는 성적 충동 속에서 이제는 그 남방 셔츠를 갈기갈기 찢어버리고 싶은 욕망을 도저히 견디어낼 수가 없었다. 전신에 어떤 에너지가 충만하게 차오르고 있었다. 나는 그녀의 하체로 시선을 옮겼다.

일순 푸른 번개가 내리꽂히더니 다시 요란스러운 천둥소리가 들려왔다.

나는 그녀의 치마를 보는 순간 더욱더 견딜 수 없는 욕망에 사로잡히고 말았다. 왜 이럴까 그러면서도 그녀의 치마를 갈기갈기 찢어버리는 광경이 머릿속에 떠오르고 나는 그 이상 참을 수가 없었다.

"좌악ー."

난폭하게 그녀의 치마를 찢어버렸다. 전신에 형언할 수 없는 자극성 황홀감이 날카롭게 퍼져나간다.

이 돌연한 사태에 놀라 그녀는 갑자기 몸을 일으키고 맹렬히 저항하기 시작했지만 이미 나는 제정신이 아니었다. 속옷까지 발기발기 찢고 있었다. 그리고 닥치는 대로 그녀를 구타하고 있었다. 뼛속까지 쾌락의 전류가 황홀하게 파고드는 듯한 느낌이었다. 몇 번이나 나는 클라이맥스로 곤두박질을 치면서 차츰 탈진 상태가 되어가고 있었다.

그녀는 이미 실신해 있었다. 나는 형광등을 꺼버렸다. 아직도 어두컴컴한 새벽, 이따금 번갯불이 번뜩 하고 스쳐갈 때마다 나는 내 육신이 하얗게 사위어 있는 것을 느낄 수가 있었다. 몹시 피곤했다.

친구여.

오늘 아침에 쥐를 죽였다.

이 편지를 받는 순간 이미 나는 이 세상에 없을 것이다.

그러나 박형석이라는 인물이 없어졌는지 김제혁이라는 인물이 없어졌는지는 이 편지를 쓰고 있는 지금 입장으로서 확실하게 밝혀 볼 수가 없을 것이다. 다만 죽창을 맞고 옆으로 맥없이 쓰러지던 아버지의 마지막 모습을 과연 잊을 수가 있을는지. 그리고 아버지가 죽던 날 밤 몰래 마을을 도망쳐 나오면서 김제혁이라는 이름 대신 박형석이라는 이름을 스스로 만들어가지고 과거를 일체 숨긴 채 양부모 밑에서 살아온 그 기나긴 세월들. 언제나 가득한 사랑으로 보살펴주신 은혜를 그 무엇으로도 다 갚을 수가 있을는지.

또 내 유년 시절 할머니의 고리짝 속에서 빛을 보지 못하고 사장되어 있던 아버지의 소설들. 나는 언제쯤 그 소설들만큼의 원고지들을 모두 메울 수가 있을 것인가.

아버지의 사상만은 결코 용서할 수가 없다. 그러나 자식으로서 아버지의 그 마지막 모습이 떠오를 때마다 가슴에 다시금 죽창이 박히는 듯한 이 아픔만은 이해할 수가 있을 것이다. 그렇다. 소설도 쓰고 싶고 판검사도 되고 싶다. 그렇지만 그것은 현재의 내 능력으로선 불가능하다.

친구여.

어쨌든 앞으로는 좀더 대학 생활을 소중한 자세로 경영해 보기로 하자.

이제 나는 편지를 다 쓰고 서랍 속에 있는 수면제를 반만 먹기로 한다. 앞으로 이틀 정도는 죽어 있을 수가 있을 것이다.

친구여, 앞으로 이틀 후에 죽음에서 깨어나서 이 편지를 읽고 있을 나의 일심동체여.

이제는 더 이상 우울해하지 말기로 하자.

이제는 더 이상 자살하지 말기로 하자.

197×년 8월 14일 박형석·김제혁 씀/20자×10줄×108장

언젠가는 다시 만나리

　　"형씨 대단히 죄송합니다만 한 번 더 성냥불 좀 빌립시다."

　이윽고 사내가 다시 청년 곁으로 다가섰다.

　삼십대 중반 정도의 사내였다. 황토색 새미 잠바를 입고 있었다. 그리고 그 황토색 새미 잠바는 이제 적당히 낡아 있었다. 그래서 군데군데엔 마른버짐처럼 털이 빠져 있었고 황토색도 약간의 그을음이 낀 상태로 퇴색해 있었다. 바지엔 전혀 주름이 잡혀 있지 않았고 구두도 완전히 무광택 상태였다. 얼굴엔 턱수염이 약간 자라 있었다. 전체적으로 어딘지 모르게 초췌해 보이는 모습이었다. 의외로 사내의 행동이나 말투는 자연스럽고 안정감 있는 분위기를 풍겨주고 있었다.

청년은 스물대여섯 살 정도, 창백해 보이는 얼굴이었다. 우유에다 커피를 아주 조금만 타서 만들어낸 듯한 색깔의 바바리코트를 입고 있었다. 그 바바리코트는 아주 잘 손질되어져 있었다.

사내는 청년에게 벌써 일곱 번이나 똑같은 부탁을 하고 있는 중이었다. 청년에게 처음으로 성냥불을 부탁했을 때 사내의 담뱃갑도 처음 개봉되어졌었다. 따라서 그 담뱃갑에는 아직도 열세 번이나 청년에게 성냥불을 빌어야 할 담배가 고스란히 남아 있는 셈이었다. 그러나 청년은 지금까지 전혀 귀찮아하는 기색을 보이지 않았었다. 태연히 사내에게 성냥을 켜주었었다. 물론 사내는 그때마다 고맙다는 인사말을 잊지 않았다. 이번에도 마찬가지였다.

"고맙습니다. 한 대 태우시죠."

사내는 담배에 불을 붙인 뒤 버릇처럼 청년에게 담뱃갑을 내밀었다.

"정말 못 피웁니다."

그리고 역시 청년은 그 담배를 사양했다. 여기까지는

일곱 번 다 판에 박힌 듯이 똑같은 장면들의 되풀이였다. 마치 똑같은 연극을 보는 것 같았다.

"담배는 충분히 있는데 성냥이 전혀 없다는 것은……."

여기서부터가 언제나 조금씩 달라지는 부분이었다.

"제게 있어서는 가장 절망적인 사건입니다."

이제 대합실 안은 완전히 텅 비어 있는 상태였다. 사내와 청년 외에는 쥐새끼 한 마리도 얼씬거리지 않았다.

대합실 벽에 붙어 있는 안내판에 의하면 여름이 끝나고부터 이 역은 하루에 네 번밖에는 열차를 운행하지 않는 것으로 되어 있었다. 네 시간 간격으로 네 번이었다. 앞으로 도착 예정인 열차는 세 번째의 열차였고 세 시간 정도는 더 기다려야만 될 것 같았다. 그때까지 역은 완전히 폐쇄 상태에 놓이게 되는 모양이었다.

매표구도 개찰구도 폐쇄되어져 있었다. 매점도 난로도 폐쇄되어져 있었다. 모든 것은 춥고 을씨년스러워 보였다. 열차가 피난민들을 모조리 싣고 떠나버린 전쟁중의 텅 빈 역 같았다. 앞으로 영영 열차는 돌아오지 않을 것 같은 느낌이었다.

"형씨. 이 대합실은 이상하게도 시체실 같은 분위기를 가지고 있군요. 안 그렇습니까?"

사내가 동의를 구하는 듯한 어투로 청년에게 말했다.

그러나 청년은 그저 묵묵히 대합실 유리문 밖으로 내다보고 있었다.

"저는 한 여자가 죽어 있는 시체실에서 밤을 꼬박 새워본 적이 있어요. 그때 제가 시체실에서 느낀 것은 공포입니다. 시체에 대한 공포가 아니라 공허에 대한 공포입니다."

유리문 밖에는 우중충한 건물 하나가 녹슨 폐선처럼 정박해 있었다. 화물 창고였다. 그리고 그 화물 창고 뒤로는 몇 그루의 낙엽송들이 펜화처럼 앙상한 가지를 뻗고 회색 하늘로 자라올라 있었다. 흐린 날씨였다. 금년 들어 아직 한 번도 눈이 내리지는 않았지만 어쩌면 오늘 오후 한때쯤에는 잠시만이라도 희끗희끗 눈발이 흩날릴 것 같은 예감이었다.

화물 창고 곁으로는 멀리 시가지로 통하는 도로 하나가 뚫려 있었다. 그것은 비포장 도로였다. 그리고 비포장 도로는 주변의 건물들이 한결같이 우중충해 보였으므로 더욱 선명해 보였다.

도로변 공터 한 군데를 자리잡아 며칠 동안 애환의 깃발들을 나부끼고 있던 뜨내기 서커스단 하나가 이제 그만 떠날 준비를 하고 있었다. 천막이 걷히고 깃발들이 뽑히고 앙상한 뼈대들만이 남아 있었다.

"형씨. 이 대합실에서도 바다가 보입니까?"

함께 유리문 밖을 내다보고 있던 사내가 느닷없이 청년에게 물어보았다. 바람이 심한 모양인지 역 주변의 우중충한 풍경들이 먼지 속에 흐릿하게 침몰하고 있었다. 침몰하는 풍경 위로 맥없이 날아올랐다가 떨어지는 휴지 조각들. 마치 빈 껍질만 남은 새들 같았다.

"바다는 저쪽 언덕 너머에 있어요. 이 대합실에서는 보이지 않아요. 벌써 오래전에 문을 닫았지요."

청년은 대답해 주고 나서 유리문 앞을 천천히 떠났다. 이제는 사내 혼자 유리문 앞에 붙어 서서 망연히 바깥 풍경을 내다보고 있었다. 몹시 추운 모양이었다. 간헐적으로 어깨를 떨고 있었다.

청년은 대합설 한복판에 웅크리고 앉아 있는 난로 곁으로 다가섰다. 그리고 코트 주머니에서 손을 끄집어내어 난로의 이마를 짚어 보았다.

"따뜻합니까? 나는 불이 없는 줄 알았었는데……."

어느새 사내가 곁으로 와서 놀랍다는 표정으로 청년에게 말했다.

"절명했어요."

청년이 간단하게 대답해 주었다.

청년은 이제 자주 대합실 벽에 부착되어 있는 시계를 쳐다보기 시작했다. 그러나 시간은 언제나 바로 거기서 거기였다. 시간조차도 추위에 굳어 있는 듯한 느낌이었다.

"춰서 미치겠군. 뭔가를 좀 태웠으면 좋겠는데."

사내는 대합실 안을 두리번거리기 시작했다.

만약 사내가 뜻한 바 있어 단 몇 시간만의 따뜻함을 위해 물불을 가리지 않겠다고 결심만 하면 땔감이 될 만한 것은 얼마든지 있었다. 유료 화장실의 문짝이며 기다란 나무 의자, 벽에 붙어 있는 각종 선전 포스터며 안내판, 그것들은 적어도 두세 시간 정도는 충분히 훈훈함을 포식하게 만들어줄 수 있을 것 같았다. 그러나 그 다음이 문제였다.

"형씨, 형씨께서는 지금 누군가를 기다리고 계시는 것 같은데 이미 약속 시간이 지나버린 것은 아닌지요?"

사내가 말했다.

"상관없어요. 아직 한 번도 제 시간에 나타나준 적이 없었으니까."

청년은 다시 벽시계를 쳐다보았다.

"아까 열차에서 내려 잠시 이 대합실에서 저는 형씨를

유심히 관찰해 보았지요. 형씨는 분명히 누군가를 기다리고 있었음에 틀림없어요. 미친 듯이 사람들을 헤집고 다니면서 누군가를 찾아내려고 애를 쓰고 있었습니다. 하지만 제가 타고 왔던 열차에는 형씨가 기다리던 사람이 없었습니다. 그렇지요?"

"하지만 두 번의 열차가 더 남아 있어요."

청년은 자신 없는 어투로 대답했다.

"다음 열차는 앞으로 무려 세 시간 정도는 더 기다려야 할 겁니다. 이건 너무 무모한 것이 아닐까요?"

"하는 수 없어요. 열차가 도착하든 안 하든 저는 여기 있어야만 안심이 되니까요."

"이해할 수 없군요."

"그러시겠죠. 단지 저는 지금 제정신이 아니니까."

"기다린다는 것은 떠난다는 것보다 한결 피가 마르는 일입니다. 형씨 우리 어디 가서 술이라도 왕창 퍼마십시다. 색싯집이 좋겠어요. 거기서 언 살이나 풀면서 한 잔 캬아 하는 게 어떻겠소. 내가 사지요. 더 이상 추위 때문에 견딜 수가 없구만."

"고맙습니다만 저는 마지막 열차가 도착할 때까지는 절대로 이 역을 떠날 수가 없어요. 혼자 갔다 오세요."

청년은 말해놓고 나서 힘없이 웃었다. 그 웃음 속에는 약간의 자조가 서려 있는 것 같은 느낌이었다.

"아직도 충분한 시간이 남아 있지 않습니까?"

"물론이지요. 하지만 저는 어제도 여기서 기다렸고 지난달에도 여기서 기다렸고 작년에도 여기서 기다렸어요."

"그럼 아무런 확신도 없이 기다리고 있단 말이오?"

"아니죠. 오늘은 확신이라는 게 생겼어요. 새벽에 전보를 받았으니까요. 버릇대로 차임벨 소리를 들으며 역으로 나가보려고 하는데 하숙집 아줌마가 전보를 받아두었다가 전해준 거죠. 오늘 두 번째 열차 편으로 오겠다는 내용이었어요."

"그건 내가 타고 온 열차 아니오. 그 열차에 형씨가 기다리던 사람은 없었던 것으로 알았는데."

"없었어요."

"참 몹쓸 사람이군. 이렇게 추운 날 난롯불도 없는 대합실에서 사시나무 떨듯 떨게 하다니."

사내는 무심코 난로의 뚜껑을 열어보았다. 난로 속에는 꽁초와 휴지와 깡통 따위가 가득 들어 있었다. 올들어 한 번도 불맛을 보지 못한 난로 같았다. 그것은 차라리 쓰레기를 위한 냉동실이었다.

"형씨가 기다리는 것은 남자입니까, 여자입니까?"

"여자……."

"만약 다음 열차로 오게 된다면 나도 곁에서 그 표정을 한 번 보고 싶어지는군."

"미인이죠. 저보다 나이가 훨씬 많지만."

그리고 한참 동안 사내와 청년은 약속이나 한 듯이 침묵 속에 빠져버렸다. 그 침묵 속에서 이따금 바람의 발길질에 걷어채며 대합실 문이 비명을 지르곤 했다.

"그런데 선생님은 이 대합실에서 왜 떨고 계시는지 모르겠군요."

한참 후 청년이 먼저 입을 열었다.

"이렇게 추운데 그럼 땀을 흘릴 수가 있겠소."

"그게 아니라 누구를 기다리고 계시느냐는 거죠."

"뭐 누구를 기다린다기보다 좀 색다른 볼일이 있어서 이 대합실에 머물러 있는 겁니다."

"색다른 볼일이라뇨. 그럼 혹시 수사기관에서 나오신 분이신가아?"

"아무렇게나 생각하시오. 아직은 형씨한테 솔직히 말해 주고 싶은 생각이 나지 않으니까. 그보다도 형씨 이제 나는 더 이상 참을 수가 없구만. 어디 가까운 식당에라도 가서 훈훈한 국물이나 좀 훌훌 들이키고 옵시다. 이제는 내 장까지 다 떨리고 있군요. 도저히 안 되겠어요."

"정말 죄송한데요. 하지만 저는 마지막 열차가 도착할 때까지 여기 있어야 하겠어요. 이건 제 병입니다. 혼자 갔다 오세요."

청년은 가라앉은 목소리로 사내에게 말했다. 그리고 벽시계를 다시 한번 쳐다보았다. 그런데도 시계 바늘이 제법 몇 발짝을 건너뛰어 있었다.

"하는 수 없군. 그럼 나 혼자라도 갔다 와야지."

사내는 잔뜩 몸을 움츠리고 천천히 문 쪽으로 걸어나갔다. 어딘지 모르게 착잡해져 있는 듯한 모습이었다. 그러다가 거의 문까지 다다랐을 때였다. 문득 무엇인가가 떠올랐다는 듯이 사내가 획 등을 돌렸다. 그리고 뚜벅뚜벅 되돌아왔다.

"저어 형씨. 거듭 죄송합니다만 성냥불을 한 번 더 빌릴 수 없겠습니까?"

사내는 시내로 뻗어져 있는 직선 도로를 따라 걷고 있었다.

이 부근 어디에 바다가 있는 것일까. 맵고 쓰린 바람 속에는 바다냄새가 섞여 있었다. 사내는 몸을 잔뜩 웅크린 채 더욱 걸음을 빨리하고 있었다.

서커스가 있던 공터는 이제 황량하게 비어 있었다. 어느새 완전히 떠나가버린 모양이었다. 공터 바닥 가득히에는 그들이 남기고 간 애환의 잔해들처럼 찢긴 입장권이며 신문지 조각 들이 바람에 이리저리 쓸려다니고 있었다.

"이런 날씨는 정말 미치겠군. 꼭 바람이 뼛속에서 분단 말씀이야. 역시 여자가 하나 있어야겠어."

사내는 혼자 소리내어 중얼거리고 있었다. 마치 스스로를 위로해 주고 있는 듯한 분위기였다. 사내는 얼마 더 걷지 않아서 식당 하나를 발견했다. 비교적 허름한 식당이었다. 처마 밑 붉은 휘장에는 설렁탕, 곰탕, 백반 들이 곤두박질을 치고 있었고 벽을 뚫고 나와 있는 연통에는 아른아른 불기운이 어리고 있었다

식당은 횡하니 비어 있었다. 그러나 난로만은 벌겋게 익어 있어서 온 홀 안에 훈기가 넉넉했다. 톱밥 난로였다. 난로 곁에 놓여 있는 나무상자 가득히 톱밥이 하얗게 건조되고 있었다.

난로 가까이의 탁자 위에 엎드려 낮잠을 자고 있던 중년 여자 하나가 인기척을 느꼈음인지 흠칫 고개를 한번

처들었다. 그 모습은 마치 잠 속에서도 먹이가 가까이에 와 있음을 육감으로 느낀 들짐승이 마침내 퍼뜩 눈을 뜨는 모습과 흡사해 보였다.

여자는 천천히 상체를 일으켜 세웠다. 그리고 먹이를 게슴츠레한 눈초리로 쳐다보았다.

방금 잠에서 깨어났기 때문일까. 여자는 파헤쳐져 있는 듯한 모습이었다. 풍만해 보였고 육감적이었고 난로에 따뜻하게 덮여 있는 것처럼 보였다.

"이쪽으로 앉으세요."

졸음이 덜 가신 목소리로 여자는 난로 가까이의 탁자 하나를 가리켰다. 그리고 풀어헤쳐진 머리카락을 쓸어 넘긴 다음 상체를 서서히 뒤로 젖혔다. 뒤로 젖히면서 인간으로 태어나 비로소 입을 최대한 크게 벌릴 수 있는 데까지 한 번 벌려볼 기회가 왔다는 듯 숨관과 허파를 활짝 열어젖히고 네 활개를 최대한 넓게 펼치며 거대한 하품 한 입을 베어 물었다. 적나라한 모습이었다.

사내는 설렁탕 하나를 주문했다.

"김씨, 설렁탕 하나 있어."

여자는 주방을 향해 소리질렀다.

"알았어."

퉁명스러운 남자 목소리.

"또 무슨 심통이 났네."

여자는 입을 비죽거렸다.

"장사 참 잘 된다. 오늘 겨우 설렁탕 두 그릇에 백반이 하나, 빨리 서방을 하나 들어앉혀야지. 도대체가 한 가지도 되는 일이 없다니까."

누구에게 들으라고 하는 소린 듯 목소리가 필요 이상 커져 있었다.

"못 살겠네, 이년의 팔자라니."

여자는 노래하듯 읊조리며 의자 하나를 난로 앞에 끌어다 놓고 몸 전체에다 톱밥을 푸스스 부어 넣었다.

"바깥어른께서 댁에 계시지 않는 모양이지요."

사내는 조심스러운 목소리로 물어보았다.

"바다가 잡아먹었지요."

여자는 간단하게 대답해 주었다. 고양이가 생선을 잡아먹었지요라는 말처럼 그것은 더 이상 설명이 필요 없는 말 같았다. 속수무책의 일인 것이다.

체념밖에는 없는 것이다.

"살아가시기가 무척이나 힘드시겠습니다."

역시 사내는 조심스럽게 물어보았다.

"이 바닥에 어디 과부가 나 하나뿐인가요. 온 동네 반이 과부밭이죠. 과부가 한 집 건너 한 사람씩 열리다시피 했어요."

"모두 식당을 차리지는 않았을 테고, 그래 그분들은 또 어떻게들 사십니까."

"어라 이 손님 좀 봐. 하나 따 갈 욕심이 생기는가부지. 어떻게 살긴 어떻게 살아요, 과부처럼 살지. 허벅지에 바늘 자국이나 내면서 말이우. 짓궂기는. 아, 남자 생각날 때마다 미운 살 바늘로 찌르면서 견디는 거지."

옷차림이나 말씨로 보아 도시 물을 많이 먹은 여자 같았다. 때가 완전히 벗어져 있는 듯한 느낌이었다.

"여름에는 바닷가에서 싱싱한 애들 수영복 차림으로 갖다 앉히고는 술장사를 해요. 한철 벌어서 일 년을 사는 거죠. 이까짓 식당 전봇대 밑에서 개미 한 다리 들고 오줌싸기지."

사내가 어디 다른 곳에서 많이 본 것 같다고 넘겨짚듯 말하자, 여자는 아마 거기서 보았을 거라며 쉽게 껍질 하나를 벗어던졌다.

"설렁타앙—"

주방에서 신경질적인 남자 목소리가 설렁탕 그릇을 밀

어내고 있는 것이 보였다.

"꼴에 남자랍시고."

여자가 입을 비죽거리며 일어나서는 몇 가지의 반찬과 설렁탕 그릇을 날라다 놓았다. 사내는 잘 먹겠노라고 건성으로 말해주고는 숟갈질을 시작했다.

"아줌마, 나 좀 봐요."

주방 창구에서 얼굴을 내밀고 김씨라는 남자가 여자를 부르고 있었다. 여자보다는 열 살 정도나 나이가 적어 보이는 얼굴이었다.

"뭘 그까짓 걸 가지고."

"남자 손님만 오면 꼬리를……."

달래는 듯한 목소리와 불만조의 남자 목소리가 꼬리를 불확실하게 지우면서 주방 밖으로 새어 나오고 있었다.

"이 식당 아니면 어디 먹고 살 데가 없는 줄 아는 모양이지만."

"툭하면 그놈의 나간다 소리, 이그 이젠 듣기조차 지겨워."

"손님한테 과부 타령하는 속셈을 내가 모를 줄 알고."

"그래 맘대로 해봐, 나가든지 말든지."

말다툼은 설렁탕이 반 정도가 줄어들 때까지도 끝나지

않았다. 여자가 깐죽깐죽 약을 올리고 있는 것 같았다.

"좋아 박살 내 보자구."

남자가 더 이상은 못 참겠다는 듯 우악스럽게 주방 문을 박차고 밖으로 나왔다.

주방 옆에는 통로가 하나 있었다. 아마 방이 몇 칸 있는 모양이었다. 남자는 휑하니 그 통로 속으로 사라져 버렸다.

뒤이어 여자도 주방에서 나왔다. 그러나 여자는 힐끔 통로 쪽을 한번 곁눈질해 보고는 흥 하는 코웃음의 표정을 지어 보였다. 그리고 설렁탕을 먹고 있는 사내 쪽으로 걸어왔다.

"손님 오해하시겠네."

월급을 좀 늦게 줬더니 별 당치도 않은 걸 가지고 사사건건 트집을 잡는다는 거였다. 하지만 아무래도 그건 변명에 지나지 않는 것 같았다.

난로에서 톱밥 타는 냄새가 나고 있었다. 여자는 다시 톱밥 한 부삽을 난로 속에 퍼 넣었다. 그리고 자꾸만 통로 쪽에다 신경을 쓰기 시작하는 것 같았다.

"지가 가면 어디까지 갈 거야, 다람쥐 쳇바퀴 돌리기지."

쇠꼬챙이로 난로의 통기 구멍을 뚫어주며 혼자 중얼거리기도 했다가,

"이 바닥에 과부가 너 하나뿐이더냐 이거지만 세상 과부 다 만나봐라. 나 같은 년 있는가."

뭔가 속 있는 말로 자위도 해보는 것 같았다. 그러다가 갑자기 궁금해서 견딜 수가 없다는 듯 몸을 일으키며 이렇게 말했다.

"왜 잠잠하지, 정말로 짐을 싸는 모양이구나."

여자는 마치 짐 싸는 걸 거들어주기라도 해야겠다는 듯,

"좋다구, 얼마든지 싸 보라구."

쇠꼬챙이를 놓고 통로 쪽으로 걸어가기 시작했다.

사내는 침착하게 그리고 마지막 국물을 한 방울까지도 모두 깨끗이 비우고는 만족한 얼굴로 빈 설렁탕 그릇을 옆으로 밀어내었다. 그리고 난로 위에서 허연 김을 내뿜으며 헐떡거리고 있는 주전자를 들어다가 물컵에 따랐다.

사내는 천천히 아주 천천히 그 물을 식혀 마시고 있었다. 포만감에 처져 있는 듯한 모습이었다.

잠시 후 사내는 빈 컵을 식탁 위에다 내려놓고 실내를 두리번거리기 시작했다. 갑자기 요의라도 느낀 모양이었다.

아까 사내와 여자가 차례로 사라져 들어간 통로를 향해 빨간색 페인트의 화살표 하나와 함께 '화장실'이라는 세 글자가 오줌을 흘리면서 엉거주춤 걸어가고 있었다. 사내

는 일어섰다. 그리고 그리로 걸음을 옮겨놓기 시작했다.

화장실은 통로 속에서는 발견되어지지 않았다. 통로 속에는 두 개의 방문만 발견되어졌고 그 방문 위에는 4호실과 5호실이라는 방 번호가 적혀 있었다.

통로를 다 빠져나가니 안채가 나왔다. 화장실은 안채의 마당 한 켠에 제법 당당하게 지어져 있었다.

소변을 보는 곳은 따로 칸막이가 되어 있었다. 그러나 소변기는 없었다. 소변기 대신 PVC 파이프 하나가 비스듬히 박혀 있었다.

사내는 칸막이 안으로 들어서자마자 '소변을 똑바로 누시오'라는 경고문을 읽었다. 그리고 그 경고문대로 이행하기 위해 약간 긴장하며 바지의 지퍼를 내리는 것 같았다. 곧 소변을 똑바로 누는 소리가 들리기 시작했다.

볼일을 무사히 끝내고 안채의 마당을 건너오면서였다. 사내는 내실쯤 되어 보이는 방 댓돌 위에 아무렇게나 벗어던진 두 남녀의 신발들을 보았다. 공교롭게도 여자의 구두 한 짝이 옆으로 비스듬히 쓰러져 있었고 그 위에 남자의 구두 한 짝이 엎어져 있었는데, 아니나 다를까 방 안에서는 여자의 이상한 신음 소리가 들려오고 있었다. 짐작이 갈 만한 일이었다.

이제 그 신음 소리는 구름 속 높은 곳에까지 떠오른 여자의 몸이 떨어질 듯 떨어질 듯 현기증을 느끼며 위태롭고 절박하게 몇 번을 거듭해서 발하는 비명 소리로 변해 있었다. 그러다가 급기야는 구름 속으로 깜북 자맥질을 해 들어간 듯 잠잠해지더니 이윽고는 아뜩하게 떨어져내리고 있는 듯 절망적인 탄성으로 풀어져내리고 있었다.

사내는 떨어져내리고 있는 여자를 떨어져내리고 있는 대로 내버려 두고 홀 안으로 되돌아왔다. 그리고 벽에 붙어 있는 가격표들 중에서 '설렁탕 7백 원'을 확인했다.

사내는 호주머니에서 5백 원권 지폐 한 장과 두 개의 백동전을 끄집어내어 빈 설렁탕 그릇 밑에다 물려놓았다. 그리고 주인 여자가 주방장하고 구름잡이를 떠나고 없는 식당 난롯불에다 충분히 전신을 구운 다음 톱밥 한 부삽을 퍼 넣어 주었다. 그때까지도 주인 여자나 주방장은 나타나지 않았다. 구름 속에서 떨어지던 주인 여자가 다시 떠오르고 있는 것일까. 아니면 별이라도 한 개 따가지고 내려올 계획일까.

사내는 그만 식당을 나서기로 작정한 모양이었다. 천천히 식당 문을 열었다.

갑자기 맵고 차디찬 겨울바람이 왈칵 사내의 몸에 덮쳐

들고 있었다. 사내의 머리카락이 부스스 일어섰다.

멀리 역사(驛舍)가 보였다. 역사 주변은 썰렁해 보였다. 차들도 사람들도 전혀 보이지 않았다. 마치 폐사(閉舍) 같았다. 사내는 잠깐 그쪽을 한 번 바라다 보고는 이윽고 시내를 향해 걸음을 옮겨놓기 시작했다.

"선생님, 혹시 저를 기억하실 수 있으신지요?"

사내는 꽃집 주인에게 물었다. 마치 반가운 사람과의 해후 직전처럼 사내의 표정은 어떤 기대감에 차 있는 것 같았다.

"글쎄요. 원체 많은 사람들을 상대하다 보니……."

그러나 꽃집 주인은 잘 기억이 나지 않는다는 듯한 표정이었다.

"옛날에 한 삼 년 전쯤의 여름에 한 달 내내 이 집에서 하루도 빼놓지 않고 꽃을 사 갔었는데요."

한 번 더 잘 기억을 더듬어 보시라는 듯 사내는 말했다. 꽃집 주인은 고개를 쳐들고 잠시 생각해 보는 듯한 표정을 지었다.

"그래도 잘 모르겠군요."

그러다가 사내를 향해 다시 이렇게 덧붙였다.

"우리집에 와서 일 년 내내 꽃을 사 가시는 분들도 허다하니까."

사내는 약간 실망하는 듯한 표정이 되었다.

꽃집 특유의 화분용 흙 냄새와 후끈거리는 열기 속에서 사내는 잠시 망설이고 있었다. 유리창이 땀을 흘리고 있었다. 꽃들만 맑게 씻긴 모습으로 무더기져 있었다.

"꽃을 살 때는 언제나 여자 하나를 데리고 왔었어요. 머리카락이 탐스럽고 몸매가 아름다운 여자였습니다. 선생님께서 꽃을 어디다 쓰실 거냐고 물었을 때 백사장에 가서 모래로 두 사람의 나체를 만들어 놓고 거기다 꽃을 장식해 줄 거라고 대답했었는데요."

그래도 모르시겠느냐는 듯 사내는 자세히 설명해 주었다.

"허허 이거 죄송합니다. 기억이 날 듯도 하고 하여튼 반갑습니다. 그래 어떻게 다시 찾아오셨는지요?"

꽃집 주인은 그러나 반가워하는 기색이 아니었다. 그저 건성으로 그렇게 말했을 뿐인 듯한 표정이었다.

사내도 그것을 느꼈음인지 그만 입을 다물어버린 채 꽃들만 한 바퀴 휘둘러보았다. 그리고 동백꽃만 한아름 사 들고는 황망히 그 집을 나와버렸다.

사내는 다시 거리를 걷기 시작했다. 그 한산한 거리에

사내만 한아름의 동백꽃이 되어 떠돌고 있었다.

그러다가 잠시 후 사내는 다시 다방 하나를 찾아들었다.

거기서 사내는 커피 한 잔을 주문하고 이 다방에서 제일 고참 아가씨 하나를 옆자리에 불러앉혔다. 그리고 그녀에게도 비싼 차 한 잔을 시켜준 뒤 한참 동안 무엇인가를 설명하기 시작했다.

"아마 찾을 수 없을 거예요. 여긴 DJ가 일 년 열두 달에 도합 열두 번은 바뀌니까요. 그리고 주인조차도 바뀌었거든요."

설명을 다 듣고 나서 고참 여자가 말했다. 사내는 다시 실망하는 표정으로 묵묵히 차를 마셨다.

"그런데 왜 그 DJ를 찾으시는 거죠?"

"옛날에 내가 연애하던 여자와 이 다방엘 들어서면 즉시 우리가 좋아했던 노래를 틀어 주었었지. 그 며칠 동안에 그 DJ도 내가 사랑하던 여자를 자기도 모르게 사랑하게 되었노라고 고백했었는데…… 만나서 할 얘기도 있고 또 문득 보고 싶어져서 들렀더니 없어졌군."

"이 꽃은?"

"쓸 데가 있어서 샀지."

"한 송이만 줘요."

"나체한테만 주는 꽃인데 나체가 될 자신이 있다면 모두 다 드리지."

"쳇. 돈 앞에서라면 몰라도 이까짓 꽃 앞에서 나체가 되긴 싫어요."

"솔직해서 좋아요. 자 한 송이만."

사내는 그 고참 여자에게 꽃 한 송이를 꺾어 주고 다방을 나섰다.

한참 동안 사내는 더 거리를 헤매었다. 총포사에 들러 공기총을 쏘아보기도 하고 횟집에 들러 맥주도 한 잔 마셨다. 그러나 그 아무도 사내를 기억해주는 사람은 없었다. 사내는 이미 완전히 이 거리에서 잊혀져 있는 것 같았다.

"그렇겠지. 겨우 한 달 동안밖에는 머물러 있지 않았었으니까. 하지만 그토록 아름다운 내 여자의 모습을 쉽게 잊어버린다는 건 이상하군. 그때는 모두들 넋을 잃은 듯한 표정이었는데."

사내는 중얼거리면서 홀로 거리를 다시 걷고 있었다. 바람이 아까보다 좀 심해져 있는 것 같았다. 사내는 포옹하듯 꽃을 감싸 안고 있었다.

"따스해지고 싶군."

사내는 다시 중얼거렸다.

"가장 따스한 것은 역시 여자다. 그리고 내게 격이 맞는 여자는 물론 창녀라고 해야겠어."

사내는 사방을 두리번거리기 시작했다. 택시 한 대가 오고 있었다. 사내는 꽃을 안고 있었으므로 몸 전체로 그 택시를 세우는 시늉을 했다.

"여자네 집으로 갑시다."

택시에 오르자마자 사내는 추위에 언 목소리로 그렇게 말했다.

바다가 떼지어 몰려오고 있었다. 몰려와서는 허옇게 거품을 게우며 백사장 기슭에 엎어져 실신하고 있었다. 이따금 미세한 물방울 가루들이 바람을 타고 흩뿌려져 오기도 했다. 갈매기는 한 마리도 보이지 않았다.

백사장은 텅 비어 있었다. 모든 흔적들이 지워져 버리고 이제는 흰모래만 남아 있었다. 멀리 껍질만 남아 있는 해수욕장 변두리 몇 채의 음식점과 몇 채의 기념품 가게 따위들이 낡은 목선들처럼 방치되어져 있었다. 사내는 천천히 백사장으로 걷고 있었다. 사내의 한쪽 손에는 2홉들이 소주병 하나가 쥐어져 있었다. 사내는 이따금 고개를 젖혀 소주를 한 모금씩 삼키곤 했다. 이제 사내에게는 꽃이 없었다.

끊임없이 바다의 등가죽을 칼질하는 바람, 한 겹씩 바다의 비늘이 일어서고, 바다의 신음이 뒤채이고 더욱 쓰라린 기억의 백사장. 사내는 마치 일체를 체념한 듯한 모습으로 혼자 펄럭거리면서 걷고 있었다. 한참 동안을 걷고 있었다.

이제 소주병은 거의 다 비어 있었다. 바람의 어느 부분인가에 가 닿을 때마다 거의 다 비어 나간 소주병이 낮은 모음으로 울음소리를 흘리곤 했다.

잠시 후 사내는 남은 소주를 단숨에 모두 마셔 버리고 빈 병을 백사장 위에다 내버렸다. 그 빈 병은 작고 귀여운 여자처럼 버려져서 알몸으로 다시금 낮게 울고 있었다. 사내는 무너지듯 그 곁에 주저앉았다.

모래가 너무도 깨끗해 보였다. 그 깨끗한 모래 위에 한참 동안 주저앉아 사내는 하늘을 쳐다보고 있었다.

하늘에는 아무것도 보이지 않았다. 그저 막막한 회색의 늪만 깊어 있었다. 무엇이든지 던져 넣기만 하면 소리 없이 가라앉아 버릴 것만 같은 느낌이었다.

하늘과 바다의 한계도 분명치 않았다. 수평선이 있어야 할 자리는 마치 비눗물을 짙게 풀어 놓은 듯이 흐려 있었다. 하늘의 끝은 바다가 되어 있었다. 그래서 바다를 끝까지 걸어나가면 모르는 사이 하늘로 들어가버릴 듯한 느낌이었다.

사내는 잠시 후 다시 시선을 가까이로 떨구었다. 모래가 너무 깨끗해 보였다. 사내는 그 깨끗한 모래 위에다 손가락을 움직여 무엇인가를 써나가기 시작했다. 모래 속을 헤집고 들어갔던 손가락이 견딜 수 없게 시렸기 때문인지 사내는 이따금 손가락을 오므려 입김을 쐬곤 했는데 마치 그 모습은 손가락을 깨물어 혈서를 쓰고 있는 사람을 연상케 했다.

절망.

절망.

그리고, 다시 절망.

다 써놓고 나서 사내는 잠시 물끄러미 그것들을 내려다보았다. 그것들은 모래 속을 깊이 파고든 상처 같았다. 아니 상처 끝에 생겨난 흉터 같았다. 사내는 그러나 곧 손바닥으로 그 흉터들을 지워버렸다. 그리고 갑자기 생각났다는 듯 자기 앞에다 모래 언덕 하나를 만들기 시작했다.

사내는 조금씩 열중해 가고 있었다. 이제 손이 시린 것도 잊고 있는 것 같았다. 그 모래 언덕은 어느새 차츰 사람의 현상으로 변해가고 있었다. 팔이 생기고 다리가 생기고 얼굴이 생기고 젖가슴이 생기고…….

그것은 아름다운 형태의 여자로 변해가고 있었다. 나체였다. 모래로 어떻게 그토록 아름다운 여자의 나체를 조각해 낼 수 있을까. 그러나 사내는 아주 능숙한 솜씨로 손을 놀리고 있었다. 사내의 손은 마치 음악 같았다. 때로는 부드럽고도 부드럽게 또 때로는 경쾌하고도 경쾌하게 한 여자의 머리카락이며 어깨 위며 팔다리를 넘나들고 있었다. 이제 여자는 거의 완성되어져 가고 있는 것 같았다. 팔베개를 하고 누워 파도 소리를 듣고 있는 모습이었다. 탐스러운 머리카락이 아름다운 조형으로 모래 위에 흐트러져 있었다.

"꽃을 가져왔으면 좋았을 걸. 하지만 어차피 이제 천지가 삭막해져 버렸으니까……."

사내는 잠시 손을 멈추고 혼잣소리로 중얼거렸다.

"참, 성냥을 한 통 사온다는 걸 깜박 잊어버리고 말았군요. 형씨, 죄송합니다만 한 번 더 성냥불을 빌려 주시면 고맙겠습니다."

다시 대합실로 사내는 들어와 있었다. 이제 바깥은 완

전히 어두워져 있었다.

"이거 정말 죄송합니다."

담뱃불을 붙인 사내가 머리를 조아리는 시늉으로 청년에게 말했다.

"괜찮아요. 어차피 남을 위해 준비한 성냥이니까요."

청년은 힘없이 말했다. 기다림에 완전히 지쳐 있는 듯한 모습이었다.

"남이라뇨?"

"제가 기다리는 여자 말이에요. 골초였어요."

"저는 세 번째 열차에도 그 여자가 오지 않으리라는 걸이미 알고 있었습니다."

"재수 없는 소리 하지 마세요."

갑자기 청년은 날카롭게 신경을 곤두세우는 것 같았다.

"아, 죄송합니다. 제가 그만 실례를 범했군요. 이제 마지막 열차가 남아 있습니다. 함께 기다려 봅시다."

사내는 사과했다. 곧 청년의 표정은 누그러져버렸다.

"그런데 형씨, 하루 종일 굶고 어떻게 견디시오. 저 아래 식당에서 설렁탕이라도 배달해다 먹읍시다 우리."

"일 년 내내 저는 정말 좀처럼 제대로 식사를 할 수가 없었어요. 하루 한 끼면 족해요. 기다리다가 마지막 열차에도 그 여자가 오지 않으면 그때야 하숙집에 가서 저녁을 먹곤 했었어요. 그것도 아주 조금. 배가 고프시면 아까처럼 혼자 갔다 오세요."

"그럼 나도 함께 굶어 봅시다."

"정말로 이상한 분이시로군요. 무엇 때문에 쓸데없이 이 대합실에 붙어 계시는 거죠?"

"이제 곧 알게 됩니다."

"혹시……."

"뭡니까, 말씀하십시오."

"아니에요. 제 생각이 틀릴 거예요."

청년은 강하게 부정하고 그만 입을 다물어버렸다.

형광등이 켜져 있었기 때문에 대합실 안의 모든 것은 더욱 차갑게 얼어붙어 있는 것 같았다.

"아까는 동백꽃을 한아름 샀었습니다. 그것을 안고 창녀촌엘 갔었지요. 이 세상에서 가장 쉽게 얻을 수 있는 여자의 따스한 살을 찾아서 말입니다."

"생각보다는 점잖지 못하시군요."

청년은 약간 경멸하는 듯한 어투가 되어 있었다. 이상하게도 청년은 언제인가부터 사내의 말에 필요 이상의 민감한 반응을 보이기 시작했던 것 같았다. 마치 신경쇠약

증 환자처럼.

"형씨께서는 여자의 육체를 전혀 사랑하지 않는다는 말씀이신가요?"

사내가 물었다.

"정신이 한결 중요하지요."

청년이 대답했다.

"육체도 아름다운 것입니다."

"저는 아직 이해할 수 없어요."

"만약 형씨께서 지금 기다리고 있는 여자가 인간의 육체도 아름다운 것이라고 생각한다면."

"뭐 이런 사람이 다 있어."

청년은 다시 벌컥 화를 내고 있었다. 이제 청년은 기다림에 지치고, 지친 나머지 신경이 예민해질 대로 예민해져 있는 것 같았다. 아니 돌아버리기 직전의 상태일는지도 모를 일이었다.

"그 여자를 제 앞에서 모욕하지 말아요. 그 여자는 성녀 같은 여자예요."

청년은 분노를 억누르는 듯, 두 주먹을 불끈 쥐고 떨리는 목소리로 숨을 몰아쉬며 말했다.

"아, 또 제가 실수를 했군요. 이건 제 아내 탓입니다. 제

아내는 제가 요양원에 일 년 동안 입원해 있는 사이 집을 뛰쳐나갔었습니다. 제 아내는 육체도 정신만큼 아름답다고 생각하고 있었으니까요."

"제가 기다리고 있는 여자는 달라요. 저보다 다섯 살이나 위였었지만 저 이외의 남자라면 손목조차도 잡아본 적이 없다고 말했어요."

"그렇겠지요."

사내는 크게 고개를 끄덕거리며 긍정해 주었다. 이제 사람들이 하나 둘 대합실 안으로 들어서고 있었다. 네 번째의 열차가 도착할 시간인 모양이었다.

"그런데 형씨, 형씨께서는 일 년 동안을 이 대합실에서 그 여자를 기다려왔었다고 했는데 그동안 전혀 아무 소식도 없었는지요?"

"없었어요."

"이상하군요. 형씨는 왜 그 여자를 직접 찾아가지 않으셨습니까. 주소를 모르셨던가요?"

"주소는 알고 있었어요. 하지만 외국에 공부하러 떠난다고 했어요. 일체를 잊고 일 년 동안 공부에만 몰두하겠다고 했어요. 하지만 저는 하루도 빠짐없이 그 여자의 집에다 편지를 띄웠어요. 그리고 오늘 비로소 답장을 받았지요. 보세요. 아직도 그 여자는 저를 잊지 않고 있었어요."

청년은 약간 흥분해 있는 듯한 목소리로 단숨에 말해놓고는 사내에게 전보 용지 한 장을 꺼내 보였다. 사내는 그것을 건성으로 한번 들여다보는 듯했다. 이제 대합실 안은 꽤 많은 사람들이 서성거리고 있었다. 그들은 한결같이 몸을 웅크린 채 턱을 떨고 있었다. 어느새 마술처럼 매점도 유료 화장실도 출찰구도 문을 열어 놓고 있었다. 죽어 있던 대합실 안의 모든 사람들이 다시 살아나 술렁거리고 있었다. 다만 아직도 깨어나지 않은 것은 난로뿐인 것 같았다.

"형씨, 형씨께서는 아직 그 여자의 손목 한 번도 잡아보지 않으셨단 말씀이시죠?"

사내가 다짐을 받듯 청년에게 물었다. 청년은 약간 당황하는 빛을 띠었다. 그러나 이제 뭐 더 이상 숨길 것도 없다는 듯 이렇게 말했다.

"그 여자와 저는 두 달 동안 동거 생활을 했었어요. 하지만 정신을 더 중시한 사랑의 결합이었죠. 적어도 저와 그 여자는 순결해요. 우리는 서로 첫사랑이었으니까요."

몇 번의 기적 소리가 들려왔다. 갑자기 청년의 눈이 빛나기 시작했다. 다른 사람들도 일제히 출찰구를 향해 몸을 돌리고 있었다.

　잠시 후, 다시 텅 빈 대합실. 청년은 한참 동안 길고 딱딱한 나무 의자에 엎드려 있었다.
　이제 오늘 이 역에 도착할 열차는 운행 시간표에 적혀 있지 않았다. 그러나 떠나는 열차 하나가 남아 있었다. 채 십 분이 못 되어 다시 떠나기 위한 사람들이 하나 둘 대합실로 모여들고 있었다. 그리고 매표구에서 표들을 끊고 있었다. 거기엔 사내도 끼여 있었다. 아마 떠날 작정인 모양이었다.
　"형씨, 잠깐 저하고 얘기 좀 하실까요. 아주 잠깐이면 됩니다."
　표를 끊은 사내는 다시 청년에게로 다가섰다. 그리고 아주 차분하게 가라앉은 음성으로 말하기 시작했다.
　"이제 그 여자는 영원히 오지 않습니다. 진작 알려드리고 싶었지만 어디서부터 시작해야 좋을는지 알 수가 없었습니다."
　그리고 잠바 주머니에서 담배 한 대를 꺼내 물었다. 그 다음 놀랍게도 여유 있는 동작으로 어디선가 라이터를 꺼내어 불을 붙였다. 청년은 사내가 말을 붙이자 천천히 고개를 쳐들었으나 미처 사내가 라이터로 불을 붙였다는 사실을 의식하지 못하고 있는 것 같았다. 청년은 거의 실성해 있는 듯한 표정이었다.

"제가 떠난 다음 이것을 읽어보도록 하십시오. 그리고 여기 그 여자가 당신에게 드리는 마지막 선물이 있어요. 받으시죠."

사내는 잠바의 지퍼를 내리고 품속에서 무엇인가를 꺼내 청년에게 내밀었다.

"당신은 그 여자의 오빠지요?"

청년이 말했다. 사내는 조용히 고개를 가로저었다. 청년의 창백한 손이 가늘게 떨면서 사내가 내미는 것을 받아들었다.

사내는 표연히 개찰구를 빠져나가고 있었다. 담배 연기한 모금이 사내의 어깨 너머로 흩어지고 있었다.

잠시 후 다시 대합실은 텅 비어 버렸다. 청년은 여전히 실성한 듯한 모습으로 천천히 일어섰다. 그리고 출입구를 향해 맥없이 걸음을 옮겨놓기 시작했다. 등 뒤에서 역의 고용원인 듯한 사내가 열쇠를 철컥거리며 청년에게 이렇게 말했다.

"오늘도 안 오신 모양이구만. 지성이면 감천이라 언젠

가는 오겠지."

청년은 역 대합실 문밖에서 흠칫 자신의 손을 내려다보았다. 반지를 넣어두는 작은 통만한 상자와 메모 한 장이 들려져 있었다. 청년은 허겁지겁 그 메모지를 펼쳐보았다.

형씨.

이미 알고 계셨겠지만 내 아내는 두 달 전에 죽었습니다. 난산(難産) 때문이지요. 나와 그 여자는 대학에서 함께 조각가의 꿈을 키우다가 만났었습니다. 내가 결핵 환자 요양원에 있을 당시 이곳의 바다를 찾아왔었던 모양이었습니다. 그리고 우연히 형씨를 만났었던 모양이었습니다. 그때 그 여자는 담배를 물고 모래로 무엇인가를 만들고 있었는데 형씨께서 담뱃불을 붙여 주셨다구요. 여자란 정말 알 수 없는 환상의 눈을 가진 동물이어서 그때 그 여자는 형씨의 가느다랗고 창백한 손가락에 반해버리고 말았다는 겁니다. 세상에서 제일 아름다운 손가락이더라는 겁니다. 나는 성냥불을 빌 때마다 형씨의 손가락을 유심히 보았지만 번번이 내 아내를 이해할 수가 없었습니다.

형씨.

이제 여기 내 아내의 마지막 모습을 아주 조금만 형씨

에게 드리고 갑니다. 나는 지금 이것을 미리 준비해 오기를 참 잘했다는 생각이 듭니다. 이것을 보시고 형씨께서 여러 가지 꿈을 꾸게 만들었던 내 아내의 천진난만한 거짓말들을 용서해 주시기 바랍니다. 그리고 당시 내 아내가 얼마나 외로웠던가도 조금은 이해해 주시기 바랍니다.

부디 안녕을.

깨알 같은 글씨들이었다. 다 읽고 나서도 한참 동안 청년은 움직이지 않고 서 있었다. 그러다가 미친 듯이 그 작은 상자를 열어 보았다. 거기엔 무슨 회색의 가루 같은 게 가득 들어 있었다.

아!

그때였다. 공교롭게도 한 무리의 드센 바람이 후욱 청년 곁으로 스쳐 갔고 일순간에 그 가루들은 모조리 허공으로 흩어져 버렸다. 탄식하듯 청년은 허공에다 한번 손을 주어보는 듯하였으나 이미 작은 상자 안은 거짓말처럼 텅 비어 있었다.

마침내 어두운 저 하늘 어딘가로부터 희끗희끗 작은 눈발들이 비껴 날리고 있었다. 첫눈이었다.

붙잡혀 온 男子

"눈 온다."

그가 말했다.

그의 눈동자는 아직도 초점이 약간 풀어져 있는 것 같았다. 초점이 약간 풀어져 있는 그의 눈동자에도 지금 유리창 밖으로 합창처럼 자욱하게 쏟아져내리고 있는 함박눈이 보이는 것일까. 보인다면 어떤 마음의 동요를 느끼고 있는 것일까.

우리가 마치 통속한 연속 방송극의 주인공들처럼 눈 오는 날 처음으로 만났었다는 것을 기억할 수 있을는지도 모르겠다. 그 시간으로부터 출발해서 다시 이 시간까지 이번에는 혹시 기억을 되살려낼 수 있을지도 모르겠다.

그리하여 그가 실종당했던 3개월 동안 어디서 무슨 일을 겪었으며, 왜 이리로 오게 되었는가를 내게 말해줄 수 있을는지도 모르겠다.

처음보다는 상태가 매우 좋아져 있는 것 같았다.

병원측의 연락을 받고 그의 부모님들이 면회를 다녀간 다음주 수요일에 나는 그를 처음으로 면회했었다. 완전히 딴판으로 변해 있었다.

말도 횡설수설 조리가 없었다. 나를 보더니 눈을 흘기며 히죽이 웃었다. 다 안다, 라고 느닷없이 말하기도 했었다. 무엇을 다 안다는 것이었을까. 내가 다시 현오와 급격히 가까워지고 그리하여 임신을 하게 되었다는 것을 다 안다는 것이었을까. 그때는 나도 확실히 몰랐었는데.

"눈 온다."

그가 다시 말했다.

"시내엔 교통이 거의 마비된 상태였어요."

그러나 시내 얘긴 괜히 했다. 그는 지금 갇혀 있는 것이다. 면회를 오면 항상 어떻게 해야 좋을는지 알 수가 없었다. 도무지 대화가 이루어지지 않았다. 지금도 마찬가지였다.

"눈 온다."

그는 그 말만 자꾸 되풀이하고 있었다. 눈이 그칠 때까지 결코 다른 말을 할 수가 없다는 듯한 태도였다.

이따금 면회자들이 자욱한 함박눈을 헤치며 병원 정문을 들어서서 면회실 쪽으로 오고 있었다. 그 모습은 마치 저 북극의 겨울 풍경이 나오는 어떤 영화의 한 장면처럼 센티멘털한 느낌을 불러일으키고 있었다.

"탁구 치고 싶다."

그가 갑자기 대사를 바꾸었다. 그러나 그의 시선은 여전히 창밖을 내다보고 있었다. 눈 오는 날 우리가 함께 탁구를 치러 간 일이 있었던가 없었던가, 잘 모르겠다. 아마 없었을 것이다. 눈이 오면 그는 나를 여관으로 데리고 가고 싶어했었다.

"여기도 탁구대가 있던데요. 지금 나가서 탁구 칠까요. 하지만 손이 몹시 시려우실 텐데."

현관을 들어서자, 탁구대가 여러 대 놓여 있었다. 그리고 한 편에 긴 의자들도 여러 개 정돈되어져 있었다. 나는 그 의자들에 대해서 약간 의구심을 가졌었다. 심판용은 아닌 것 같았다.

"그건 탁구대가 아냐, 식탁이야."

그 말이 정말이라면 아마도 탁구대 겸 식탁으로 사용하는 것이리라.

"그래도 지금은 식사 시간이 아니잖아요."

"시내에 나가서 친다."

"왜 여기서 치면 재미가 없어요?"

"여기는 정신병원이야. 탁구장이 아니다."

봐라, 나는 미치지 않았지, 하는 듯한 태도였다. 그러나 내가 보기에도 그는 정상인이 아니었다. 흐린 눈동자도 그렇고 히죽거리는 입술 근육도 그렇고 멍멍해진 목소리도 그랬다. 모든 것이 예전의 그의 것이 아니었다. 그는 누구보다도 야성적인 얼굴을 가진 남자였었다. 저렇게 풀려 있는 모습을 단 한 번도 내게 보여 준 적이 없었다.

"탁구 치고 싶다."

다시 그가 말했다.

"퇴원하시면 치실 수 있어요. 그때까지만 참으세요."

나는 투정하는 막내 동생을 달래듯 그를 달랬다. 면회실을 유심히 관찰해 보면 면회를 신청해서 면회자를 만난 누구나가 달래는 목소리를 만들어 내고 있었다. 환자들 거의가 말을 제대로 들어먹지를 않았던 것이다.

그러나 여기 면회를 오는 사람들은 환자와 무슨 대화 따위를 나누기 위해서 오는 것은 아닌 것 같았다. 대개 그저 얼굴이나 한번 보고 간다는 것으로 만족하고들 있는 것 같았다.

탁구.

다시 대화가 단절되기 시작했다. 그후 탁구공이 튀어오르듯 자꾸만 탁구, 탁구, 소리만 연발하기 시작했던 것이다.

그동안의 면회 경험에 의하면 그는 한 가지 생각에 몰두해 있을 때는 지루할 정도로 거기에 관해서만 똑같은 말을 되풀이하는 버릇이 있었다.

그러다가 다시 앞에 있는 사람을 의식하면 겨우 몇 마디의 대화를 나누어주곤 했었다.

그러나 그 대화도 아주 잠시뿐이었다.

어떤 사물에 대해서 조리 있게 얘기를 잘 해나가다가도 갑자기 엉뚱하게 빗나가버리곤 했다.

이를테면, 사과는 우리 고장의 명산물이다. 사과의 껍질 속에는 비타민 C가 많다. 그래서 우리 고장의 처녀들은 피부가 곱다.

퇴원하면 사과 장사나 해볼까. 우리 고장에서 싼 값으로 사서 서울에다 비싼 값으로 풀어놓는 거지. 하지만 악어 장사도 힘들기는 힘들 거야. 악어는 이빨이 끝내주게 우아하지—식이었다.

하지만 더러는 완전히 정상적인 상태를 되찾을 때도 없지는 않았었다. 언젠가 한번 면회를 왔을 때는 정말로 멀쩡한 것 같았다. 학교에 대한 얘기와 친구들에 대한 얘기들을 조심스럽게 꺼내놓았었다. 반가워서 눈물이 핑 돌 것 같았었다. 하지만 아주 잠깐 사이의 일이었다. 내가 그동안 어디서 무엇을 했었으며 왜 이리로 오게 되었는가를 물어보자, 금방 입을 다물고 고통스러운 표정을 짓더니 사람이 무섭다며 울기 시작했었다.

내가 울지 말라고 한참 동안 달래니까, 다시 히죽히죽 웃었었다. 웃으면서 너무 배가 부르다고 말했었다.

그러나 오늘은 그렇게 갈피를 못 잡을 정도는 아니었다. 전에보다는 많이 안정되어져 있는 것 같았다.

"베토벤을 틀어!"

갑자기 등 뒤에서 누군가가 크게 소리질렀다.

"눈 오는 날은 베토벤을 틀어! 비 오는 날은 베토벤을 틀어! 베토벤! 베토벤!"

돌아다보니 청년 하나가 일어서서 황홀한 표정으로 눈을 감고 지휘하는 흉내를 내고 있었다.

그 앞에는 그의 어머니인 듯한 여자 하나가 울상을 지으며 앉아 있었다.

"강명구 너, 소란 피우면 어떻게 되는 줄 알고 있지. 면회 금지야, 그리고 퇴원 연기."

남자 간호사 하나가 그에게 다가가 딱딱한 목소리로 말했다. 청년은 즉시 풀이 죽어 제자리에 털썩 주저앉았다. 특효였다.

"낄낄낄."

갑자기 내 앞에 앉아 있던 그가 괴상한 웃음을 터뜨렸다. 나는 가슴이 철렁 내려앉는 듯한 기분이었다.

"강명구 저 새끼 면회 금지당했다. 저 새끼 베토벤 때문에 미친 놈이야. 나는 안 미쳤는데 왜 빨리 내보내주지 않을까, 다 나았는데."

뜻밖에 그는 어린애처럼 즐거워하고 있었다. 나는 그의 말을 듣고 베토벤 때문에 미쳤다니, 어이가 없어 잠깐 속으로 웃고 말았다. 하지만 한편으로는 그 사실이 웃을 만한 사실이 아니라는 생각도 들었다.

"눈 온다."

다시 그가 창밖을 내다보고 있었다.

그래, 우리는 저렇게 눈 오는 날 만났었다.

그날 나는 밀린 서류를 모두 정리해 놓고 창 밖으로 쏟아져내리는 함박눈을 내다보고 있었고, 그는 모르는 사이 내 곁으로 다가와 파지에 잡다하게 써놓은 내 낙서들을 읽고 있었다. 내가 그를 의식하고 흠칫 놀라 낙서를 뒤집었을 때는 사후 약방문이었다. 다 읽었어요. 그는 흰 이를 드러내고 허옇게 웃었었다.

좀 야만적으로 생겨먹은 남자라는 생각을 했었다. 복학을 하러 왔는데요. 어떻게 하면 되겠느냐는 듯 그가 물었었다. 나는 담당 직원의 책상을 가리키며 저쪽으로 가보세요, 라고 새침하게 말했었다.

한 여자가 한 남자를 좋아하게 되는 것은 극히 사소한 문제 때문이다. 그가 수속을 모두 끝마치고 돌아간 다음 나는 내 낙서가 없어져버린 것을 알았었다. 퇴근하는 길에 보니 교문 앞에서 그는 나를 기다리고 있었다.

머리에고 어깨에고 가슴에고 온통 눈투성이었다.

함께 학교 앞 다방에 가서 차를 마셨다.

낙서와 맞바꾼 것이다. 왠지 내 낙서를 남이 가지고 있다는 것이 불안했었다. 그는 군대에서 3년 내내 여자만 생각했었다고 내게 고백했었다.

그러나 내가 그를 좋아하게 된 것은 그의 정직한 고백

때문이 아니었다. 그의 야만적인 분위기 때문도 아니었다. 낙서 따위로 여자와 어떻게 인연을 맺어 보려고 했던 그의 치졸함을 덮어두고라도 내가 그를 좋아할 수 있었던 것은 오직 쏟아지는 함박눈을 맞으면서 오래도록 교문 앞에서 나를 기다리고 있던 그의 모습 때문이었다.

나는 그즈음 현오와 연애중에 있었다. 아무런 흠도 잡을 수 없을 정도로 완벽한 남자라는 것이 바로 현오의 흠이었다. 현오는 내게 너무 신사적이었다. 언제나 안정 상태에서 나를 만나곤 했었다. 나는 그것이 싫었다. 나는 좀 불안해지고 싶었다. 나는 좀 파괴당해 보고 싶었다.

그러나 현오는 결코 그렇게 해줄 수가 없는 남자였다.

내가 갑자기 새로운 남자를 만나기 시작했다는 사실을 알게 되었을 때도 현오는 침착성을 잃지 않았었다.

"미정 씨의 의견을 존중해 드리겠습니다. 저는 지금 아무런 권리도 행사할 수 없는 처지니까요. 하지만 믿고 기다린다는 것만은 기억해 주시길 바라겠습니다."

현오의 그러한 정중한 어투가 당시의 내겐 오히려 혐오감을 일으켰었다. 남자라는 것은 무슨 현대식 가구처럼 반듯하고 정결하며 실용적이기만 해서는 안 된다고 나는 생각했었다. 남자란 저 황무지를 향해 덜컹거리며 달려가는, 그러나 끝끝내 부서지지 않고 달려가는, 서부의 포장마차 같은 것이어야 된다고 생각했었다.

"기다리지 마세요."

말해놓고 나서 나는 현대식 가구 대신 서부식 포장마차를 선택했었다. 포장마차는 통쾌하게도 나를 뒤흔들고 부수고 다시 잠재우곤 했었다.

"눈 온다."

부서진 포장마차가 말했다. 눈이 오니 어떻다는 얘기일까. 그러나 처음부터 나는 이 남자의 가슴속을 들여다볼 줄 모르는 속물이었다. 도대체 이 남자의 가슴속에 있던 그 무엇이 이 남자를 이토록 비참한 모습으로 만들어놓은 것일까.

이제 면회실 안은 차츰 붐비기 시작하고 있었다. 면회를 온 대개의 여자들이 한 번씩은 눈시울을 적시는 곳이었다. 나도 몇 번이나 울었었다.

"배고프지 않으세요?"

나는 그를 향해 물었다. 그는 평소에 항상 배고프게 살아왔었다. 그와 함께 데이트를 하면 하루를 배가 고팠다.

"배가 고프지 말아야지."

그는 뜻밖에도 창밖으로부터 시선을 돌리며 내 질문에

근접하는 대답을 해주었다.

"제가 누군지 아시겠어요."

"미정이지 누구야."

나는 다시금 눈물이 쏟아질 것 같았다. 이 남자가 아직
도 내 이름을 기억하고 있다는 것에 대해서 나는 감사를
드리지 않을 수가 없었다. 한 남자의 무의식 속에서도 그
이름이 끄집어내어지는 여자는 행복하다. 그녀가 비록 지
금 그 남자를 버리려 하고 있는 중이라 해도 그녀는 행복
하다.

"어제는 뭘 하며 지내셨어요?"

"목욕을 했다, 강제로."

"하루 종일 목욕을 하셨어요?"

나는 일부러 밝고 명랑한 목소리로 물었다.

"아니야, 약도 먹었어."

그러나 그는 어둡고 우울한 목소리로 대답했다.

"화요일은 싫어, 목욕을 하거든. 목요일이 좋다. 목요일
은 연극을 해. 환자들끼리 연극을 한다구, 재미있지."

"친구들은 아직 안 사귀셨어요?"

"사귀었지."

"어떤 친구들인지 한번 만나보고 싶어요."

"전부 미친놈들이야. 아직 덜 나았어. 나는 다 나았는
데. 왜 나를 안 내보내주는지 모르겠어. 면회 끝나고 나갈
때 담당자한테 잘 좀 말해줘. 나는 멀쩡하다고 말이야. 퇴
원시켰으면 좋겠다고 말이야. 부모님들한테도 그렇게 말
해줘. 봐, 멀쩡하잖아?"

"그래요, 멀쩡해요."

나는 될 수 있는 대로 환하게 웃어 보이려고 노력했다.

"멀쩡하지?"

확인이라도 해보려는 듯 그가 거듭 내게 물었다.

"멀쩡해요."

비로소 그는 안심했다는 듯 약간 웃어 보였다. 그리고
왜 멀쩡한데도 안 내보내주는지 몰라, 하고 불만스러운
목소리로 혼자 중얼거렸다. 나는 이번 기회에 그가 3개월
동안 어디서 무엇을 했었는지를 물어보고 싶었다. 그리고
왜 이리로 오게 되었는지도 물어보고 싶었다. 그러나 그
것을 물어보면 상태가 이상하게 돌변해 버릴지도 모른다
는 생각이 들었다.

나는 좀더 먼 곳에서부터 거리를 좁혀가야겠다는 생각
을 했다.

"우리가 처음 만나던 날을 기억하세요?"

214

"기억해, 눈이 왔었어."

그는 창밖을 내다보고 있었다. 창밖에는 이제 눈이 뜸하게 그쳐 있었다.

"우리는 일주일에 한 번씩 만났었어요."

"나중에는 한 달 동안 같이 살기도 했었어."

"그래요, 참 재미있었어요."

"여기 있는 것은 죽기보다 싫어. 너무 규칙적이다. 그때가 자유롭고 좋았는데."

"늦잠꾸러기였어요."

"너는 부지런했었다. 하루에 내 장갑 한 켤레를 거뜬히 뜰 수 있었어."

"누구나 할 수 있어요."

"할 수 없어. 특치과에 있는 미스 박은 뜨개질도 할 줄 모른다. 환자들한테 노래를 가르치지, 소프라노야. 높이 올라갈 때는 칠판에 백묵 비껴가는 소리하고 똑같다. 그래도 밥맛없어. 너무 잘난 체한다."

이야기가 자꾸만 엉뚱한 곳으로 겉돌고 있었다.

"빨리 봄이 왔으면 좋겠어요."

봄에 그는 실종되어 버렸었다. 갑자기였다.

봄.

문득 그가 회상하듯 고개를 쳐들었다.

"봄."

다시 그는 봄, 이라고 한번 되뇌어 보았다.

그리고 고개를 푹 꺾으면서 그만 입을 다물어버리고 말았다. 나는 그가 무슨 말인가를 해주기를 바랐다. 그러나 그는 아무 말도 하지 않았다. 자세히 보니 그는 또 울고 있었다. 예전엔 전혀 울음 따위와는 거리가 먼 사람처럼 보였었다. 그는 마치 한 마리 싱싱한 산짐승같이 보였었다. 무슨 일이든 거칠 것이 없었다. 그러나 이제 그는 완전히 꺾어져 있는 상태 같았다. 나는 그를 달래기 시작했다.

"울지 마세요, 울지 마세요."

그러나 그는 좀처럼 울음을 그치지 않았다.

"봄."

고개를 깊이 꺾어 넣고 그 소리를 되풀이하면서 하염없이 울고만 있었다. 전혀 옛날과는 판이했다. 그는 마치 코를 꿴 뒤의 황소처럼 맥이 없어 보였다. 도대체 그동안 무슨 일이 있었던 것일까.

나는 그가 실종되고 나서부터 거의 제정신이 아니었다. 자존심도 체면도 모두 버리고 알아볼 수 있는 데라면 최선을 다해 알아보았었다. 학교 앞에서 버스를 타는 것을 보았다는 같은 과 학생의 말을 마지막 증언으로 그는 소문도 없이 종적을 감추고 말았었다. 나는 별의별 생각을 다 했었다. 석 달 내내 단 하루도 편히 자본 적이 없었다. 나중에는 배반당했다는 생각까지 들었다.

한참 동안을 흐느끼고 있던 그는 이제 다시금 자조의 웃음을 웃어대기 시작했다. 그러다가 흠칫 놀라며 주위를 한번 휘둘러보았다. 아무도 그에게 신경 쓰고 있지 않다는 것을 알자 비로소 그는 안도의 표정을 지었다.

"남자 간호사가 혹시 내가 우는 걸 보지는 않았겠지."

그는 소리를 낮추어 내게 물었다.

"안심하세요. 저 사람은 줄곧 저쪽에 앉아 있는 여자를 보고 있었어요."

"다행이다. 퇴원 연기 처분을 받으면 큰일이야. 나는 지금 당장이라도 나가고 싶은데."

생각보다 오래 그는 현실 쪽으로 돌아와 있는 셈이었다. 물론 완전히 정상적인 상태라고는 볼 수 없겠지만 그래도 서로 같은 주제 안에서 대화를 나눌 수 있다는 것만 해도 여간 다행스러운 일이 아닐 수 없었다.

"퇴원하면 너하고 결혼해 버려야겠어. 만사가 귀찮아. 속물처럼 사는 게 제일 편해."

그는 맥빠진 목소리로 말했다. 죽어도 속물이 되지 않겠다던 그가 도대체 무슨 일로 그러는지 답답하기만 했다. 그러나 무엇보다도 괴로운 것은 결혼이라는 낱말이 그의 입에서 나왔다는 점이었다.

"생활하시는 데 불편하신 점은 없으세요?"

나는 화제를 돌리기 위해 그렇게 물어보았다. 불편한 점이 있다고 한들 내가 무슨 재주로 그를 도와줄 수 있을 것인가. 모든 것은 끝나버리고 말았다. 더 이상 이 남자와는 앞으로 나아갈 수가 없다.

"불편해."

"어떤 점이 불편하세요."

그러자 그는 다시 조심스럽게 주위를 둘러보았다. 그리고 내게로 얼굴을 가까이 갖다 대고는 낮은 목소리로 속삭이듯 말했다.

"전부 다 불편해, 자유도 없고."

밖에는 다시 눈이 쏟아지기 시작했다. 하루 종일 내릴 작정인 모양이었다.

"학교 도서관에 가서 책을 좀 읽고 싶은데."

"말씀해 보세요, 어떤 책인지."

"특별히 어떤 책이라기보다도 그냥 책을 읽고 싶어. 대학생이 왜 정신병원에 와 있어야 되냐, 도서관에 있어야지."

"누가 이리로 데려왔나요."

"몰라."

그는 완강하게 고개를 가로저었다. 그리고 멀거니 천정을 바라보았다. 무엇인가를 입속으로 자꾸만 중얼거리고 있었다.

"돈이 필요하지 않으세요?"

그러나 그는 대답하지 않았다.

"필요하시다면 드리고 갈게요, 조금만."

그는 여전히 아무 대답도 하지 않았다. 그 입 속으로 무슨 소리인가만 자꾸 중얼거리고 있었다.

"실례합니다."

이때 낯선 남자 하나가 우리 사이로 끼어들었다. 환자복을 입고 있었다. 이 남자야말로 지극히 정상적인 남자 같았다.

"애인이십니까?"

그는 씽긋 웃으면서 내게 물었다. 나는 그의 친구인 모양이라고 생각하며 아뇨, 라고 대답해 주었다. 대답해 주고 나서 문득 나는 나의 속물 근성에 수치심을 느꼈다. 이런 사람들 앞에서까지도 나는 자존심을 세워야 하는 것일까.

"아니라고 하는 걸 보니까 애인이시로군요."

그는 제법 여유 있는 태도까지 만들어 보이면서 옆에 있는 의자를 끌어다가 우리 탁자에 주저앉았다. 키가 크고 깡마른 남자였다. 머리도 약간 벗어져 있었다. 그러나 실지 나이는 그리 많아 보이지 않았다.

"이분 잘 아세요?"

나는 사내에게 그를 가리켜 보였다.

"압니다. 이 사람은 에이 날개 일공이 호에 있고, 나는 에이 날개 일공육 호에 있어요. 맞은편이죠."

"이분이 어떻게 해서 이리로 오게 되었는지 혹시 모르세요?"

"붙잡혀 왔습니다."

"누구에게 붙잡혀 왔어요?"

"그건 나도 모릅니다."

"그런데 어떻게 붙잡혀 왔다는 걸 아세요?"

"여기 있는 사람들은 다 붙잡혀 왔어요. 제 발로 들어온 사람은 아무도 없습니다."

그는 약간 흥분된 듯한 목소리였다.

"선생님은 누구에게 붙잡혀 오셨나요?"

"나는 내 마누라에게 붙잡혀 왔습니다. 미쳤다고."

"멀쩡하신 것 같은데요."

"그렇습니다. 멀쩡합니다. 여기 있는 사람은 모두 다 멀쩡해요. 아, 잘못 말했습니다. 모두 다는 아닙니다. 더러는 미친 사람들도 있어요."

"이분은 어떠세요."

나는 사내에게 다시 손짓으로 그를 가리켜 보였다. 그는 아직도 멀거니 천정을 쳐다보고 있었다.

"미쳤습니다."

그는 자신 있게 말했다.

"미쳤다뇨, 제가 보기엔 멀쩡한 것 같은데요."

나는 약간 그를 무시해 버리는 듯한 어투로 말해 주었다.

"멀쩡했었죠. 멀쩡했는데 여기 들어와서 미쳐버렸습니다. 요샌 멀쩡할수록 미친놈 취급을 받습니다."

"선생님은 곧 퇴원하시겠군요."

"연기됐습니다. 마누라가 면회와 가지고 이혼장에 도장을 찍으라고 해서 그만 폭행을 가했거든요. 내 마누라는, 아, 내 마누라는……."

갑자기 사내는 탁자에다 얼굴을 묻고 조금씩 흐느끼기 시작했다. 웃기는 남자였다. 겉으로 보기에는 멀쩡했는데 사실은 그게 아닌 모양이었다.

"미안합니다."

사내는 고개를 들어 내게 사과했다.

"아무도 제 심정은 모를 것입니다. 저는 마누라에게 배반당했습니다. 오래전부터 내 마누라는 아시겠습니까? 아시겠습니까?"

사내는 두 주먹을 부르쥐고 더 이상 참을 수 없다는 듯 비틀거리며 일어섰다.

"실례했습니다, 가겠습니다. 부디 이 친구를 버리지만 말아주십시오. 여기 있는 사람들은 모두 외로운 사람입니다. 아무도 세상이 알아주지 않았기 때문에 우리가, 우리가, 우리가, 잠시만 여기 더 있게 해주십시오."

다시 사내는 자리에 털썩 주저앉았다.

외로운 사람이라는 말……

그가 자주 사용하던 말이었다. 누가 무슨 일을 저지르건 그는 이렇게 말했었다.

"외로워서 그랬겠지."

그러면서도 그는 전혀 외롭지 않다는 듯한 태도였다. 그는 언제나 당당했었다. 정말로 누구보다도 멀쩡하려고 노력했었다. 비굴하게 살아가는 인간이 되느니 차라리 떳떳하게 죽는 돼지가 있다면 그게 되고 싶다고 했었던 남자였다.

그러나 나의 부모님들은 그에 대한 얘기만 들어도 식음을 전폐하고 끙끙 앓으면서 농성을 벌일 지경이었다. 가문도 학벌도 돈도 인물도 없는 '숭악한 놈'이 멀쩡하게 좋은 남자하고 교제를 하는 데 끼어들어 재를 뿌렸다는 거였다. 만약 그놈하고 다시 한번 만났다는 소리를 들으면 칼을 물고 자살해 버리겠다고 엄마는 으름장을 놓곤 했었다.

아닌 게 아니라 약도 한번 먹었더랬었다. 나를 낳아주고 키워준 부모님들을 버려가면서까지 내가 그 남자만을 생각해야 하는 것일까. 나는 스스로에게 물어본 적도 여러 번 있었다. 그러나 막상 나는 쉽게 떨쳐버릴 수가 없었다.

그는 내게는 소중한 존재였던 것이다.

그가 실종되자, 가장 기뻐한 것은 엄마였다. 엄마는 현오와의 결혼을 서둘러 성사시켜 버릴 계획이었다. 나는 거의 실성에 가까운 상태에서 현오를 만났었고 현오는 쉽사리 내 몸을 정복해 버릴 수 있었다. 솔직히 말해서 당시 나는 살고 싶지 않은 심정이었다. 나는 그가 나를 배반했다고 생각하고 있었다.

현오는 그가 내게서 사라져버렸다는 것을 알자, 적극적으로 나를 설득하기 시작했다. 현오 특유의 침착성과 사리 분명한 태도를 앞세우고 엄마와의 합동작전을 시작했던 것이다. 그 3개월 동안 나는 지쳐 있었다.

그를 무작정 기다린다는 것은 내게 있어서는 거의 악마적인 형벌이었다. 나는 현오와 엄마가 펼치는 집요한 설득을 더 이상 버팅겨낼 기력을 상실하고 그만 하루아침에 풀썩 무너지고 말았었다.

나는 현오가 나를 비웃어주기를 바랐었다. 그러나 현오는 끝끝내 신사였다. 절대로 내 자존심을 건드리려 하지 않았다.

내가 임신을 했다는 사실을 확실하게 알게 된 것은 그와 세 번째 면회를 하면서였다. 우리는 콜라와 빵을 사다 먹고 있었는데 울컥 빵 냄새가 역해지면서 헛구역질이 시작되었던 것이다.

"콜라 먹어. 콜라 먹으라니까."

영문도 모르고 그가 강제로 내 입에 콜라를 갖다 대주었는데 콜라 냄새도 역겹기 그지없었다. 나는 그길로 정신없이 면회실을 뛰쳐나오고 말았었다.

그런데도 또 지금은 주책없게도 면회실 매점에 진열되어 있는 빵과 콜라가…… 먹고 싶어 환장할 지경이었다. 나는 아무래도 사 먹고 말아야 할 것 같았다. 나는 일어섰다.

"가지 마십시오."

갑자기 곁에 끼어들었던 사내가 벌떡 일어서며 내 팔을 잡았다. 여전히 울음 섞인 목소리였다. 나는 기겁을 하며 그 팔을 뿌리치고는 콜라 3병과 빵 3개를 샀다.

"드세요."

나는 그와 사내에게도 각각 콜라와 빵을 나누어주었다.

"아, 내 마누라는, 내 마누라는……."

사내는 콜라와 빵을 움켜쥐고 다시 흐느껴 울기 시작했다.

나는 갑자기 사내에게 극심한 혐오감을 느끼기 시작했다. 참을 수가 없었다.

"저리 비키세요!"

나는 날카롭게 소리질렀다.

사내는 거짓말처럼 울음을 뚝 그치고 뜻밖이라는 듯 놀란 눈으로 나를 물끄러미 쳐다보았다.

"비키시라니까요!"

나는 다시 한번 신경질적으로 소리질렀다.

그제서야 사내는 겁먹은 눈으로 슬그머니 일어섰다.

"배부르다."

그가 빵과 콜라를 보자 먹지도 않고 내게 말했다.

나는 콜라를 한 모금 마신 다음 빵을 한 입 베어 물었다. 헛구역질은 나지 않았다. 그러나 전혀 맛이 없었다. 나는 그만 그것들에게서 슬그머니 손을 떼고 말았다.

그도 역시 먹을 생각이 나지 않는 모양이었다. 한참 동안 그것들을 그저 물끄러미 내려다보고만 있었다. 시간이 맥쩍게 풀리고 있었다.

언제나 면회가 끝나고 나면 아무것도 한 일이 없다는 생각을 했었다. 오늘도 마찬가지일 것 같았다. 이제 앞으로 나는 더 이상 면회를 오지 않을 거였다. 아니다. 오지 않을 거였다가 아니라 오지 못할 거였다. 다음달에 나는 서둘러 결혼을 해야 하고 결혼한 여자가 옛날 남자나 찾아다닐 수는 없는 노릇이었다.

지금 현오는 시내에서 나를 기다리고 있을 거였다. 그는 역시 이번에도 그답게 내가 이 남자와 깨끗하게 헤어질 수 있도록 모든 것을 이해하고 배려해 주겠다는 듯한 태도였다. 그러나 무엇보다도 나는 이제 나 자신에게 지쳐 있었다.

"나 좀 보세요."

나는 그를 불렀다. 그는 또 눈 내리는 창밖을 내다보고 있었다.

"나 좀 보시라니까요."

그러나 그는 들은 척도 않고 있었다. 아니 듣고 있을는 지도 모르는 일이었다. 나는 혼자 말하기 시작했다.

"삼 개월 동안이나 어디 가 있었어요. 나한테는 엽서 한 장도 띄우지 않고 삼 개월 동안 저는 아무 일도 못 했어요. 저는 빠르고 뜨겁게 사랑을 시작해서 빠르고 차갑게 식어 버리는 여자예요. 저는 이제 모두 식어 있어요. 저 다음달에 결혼해요. 남의 아기를 가졌어요."

그러나 그는 아무 말도 하지 않았다. 손목시계를 들여 다보았다. 현오와의 약속 시간이 가까워져 오고 있었다.

우리 곁에서 환자복을 입은 남자 하나가 자꾸만 못마땅 한 눈초리로 나를 흘깃거리고 있었다. 이제 나는 초점이 약간씩 풀려 있는 그들의 눈초리가 자꾸만 까닭도 없이 무서워지고 있었다.

"가겠어요, 이제."

나는 핸드백과 장갑을 챙기며 그에게 말했다. 예전에 그는 내가 자기와 만나 머리 빗는 것을 싫어했었다. 내가 자기와 만나 시계 보는 것을 싫어했었다. 그리고 결정적 으로 핸드백을 집어드는 것을 싫어했었다.

그러나 지금은 태연했다. 태연한 것이 아니라 전혀 생

각이 다른 곳에 가 있는 것 같았다.

"안녕히 계세요."

나는 그의 손을 잡아주었다. 싸늘했다.

그는 그린 듯이 앉아서 묵묵히 창 밖만 내다보고 있었다. 나는 출입문 쪽을 향해서 천천히 몇 걸음을 옮겨놓았다. 더 이상 돌아보지 않았다.

"배반자!"

불쑥 한 사내가 내 앞을 막아서며 뱉아낸 말이었다. 아까 곁에서 흘깃거리던 사내였다. 무서웠다. 나는 아직도 내가 누구를 배반했다고는 생각되어지지 않았다.

밖으로 나오니 눈은 더욱 구체적으로 내 망막에 다가와 한정 없이 나를 침잠시키고 있었다. 나는 침잠하여 떠내려가는 한 구의 시체처럼 무거운 어깨로 눈발 속을 걸어서 드넓은 운동장을 횡단했다.

그리고 마악 정문을 나서려 할 때였다. 뒤에서 무슨 소리가 들려 돌아다보니 허겁지겁 그가 쫓아나오고 있었다. '같이 가'라고 그는 소리치는 것 같았다.

그러나 채 몇 걸음을 옮겨놓지도 못한 채 그는 뒤따라 나온 두 명의 남자 간호사들에게 체포되었다. 그리고 발버둥을 치며 다시 끌려 들어가고 있었다. 그 광경은 마치 무슨 환영처럼 사태지는 함박눈 속에서 흐릿하게 보였지만 내게는 너무나 선명한 느낌으로 남아 있었다.

겨울나기

초판 1쇄 2006년 7월 24일
초판 5쇄 2013년 2월 10일

지은이 | 이외수
펴낸이 | 송영석

펴낸곳 | (株)해냄출판사
등록번호 | 제10-229호
등록일자 | 1988년 5월 11일

서울시 마포구 서교동 368-4 해냄빌딩 5·6층
대표전화 | 326-1600 **팩스** | 326-1624
홈페이지 | www.hainaim.com

ISBN 978-89-7337-762-6